Jonassons Liebeserklärung an die deutsch-schwedische Freundschaft

»In diesen schweren Zeiten wollte ich etwas Hoffnungsvolles schreiben, über die Freundschaft – nämlich über die Freundschaft zwischen den Schweden und den Deutschen, die ich so sehr liebe. In meiner neuen Geschichte trifft Blau-Gelb auf Schwarz-Rot-Gold und es zeigt sich: Mit den richtigen Freunden an der Seite geht es für alle wieder bergauf!« *Jonas Jonasson*

»Es ist ein unterhaltsames, sehr kurzweiliges Buch ... mit 160 Seiten viel kürzer als andere Jonassons. Da passt trotzdem viel charmanter Unfug rein.« *NDR Kultur*

Jonas Jonasson, geboren 1961 im schwedischen Växjö, arbeitete nach seinem Studium in Göteborg als Journalist unter anderem für die Zeitungen »Smålandsposten« und »Expressen«. Später gründete er eine eigene Medien-Consulting-Firma. Doch nach 20 Jahren in der Medienwelt verkaufte er seine Firma und schrieb den Roman, über den er schon jahrelang nachgedacht hatte: »Der Hundertjährige, der aus dem Fenster stieg und verschwand«. Das Buch wurde weltweit zu einem Bestseller und auch höchst erfolgreich verfilmt.
Seitdem beglückt Jonas Jonasson seine Fans immer wieder mit turbulent witzigen Romanen, jeder ein wahres Feuerwerk an genialen Einfällen und jeder ein gefeierter Bestseller.

Außerdem von Jonas Jonasson lieferbar:
Der Hundertjährige, der aus dem Fenster stieg und verschwand
Der Hundertjährige, der zurückkam um die Welt zu retten
Die Analphabetin, die rechnen konnte
Mörder Anders und seine Freunde nebst dem ein oder anderen Feind
Der Massai, der in Schweden noch eine Rechnung offen hatte
Drei fast geniale Freunde auf dem Weg zum Ende der Welt
Der verliebte Schwarzbrenner und wie er die Welt sah

www.penguin-verlag.de

Jonas Jonasson
Wie die Schweden das Träumen erfanden

Roman

Aus dem Schwedischen von Astrid Arz

 PENGUIN VERLAG

Penguin Random House Verlagsgruppe FSC® N001967

1. Auflage
Copyright © 2023 by Jonas Jonasson
Published by arrangement with Albatros Agency, Sweden.
Copyright © 2025 by Penguin Verlag
in der Penguin Random House Verlagsgruppe GmbH,
Neumarkter Straße 28, 81673 München
produktsicherheit@penguinrandomhouse.de
(Vorstehende Angaben sind zugleich
Pflichtinformationen nach GPSR)

Umschlaggestaltung: FAVORITBUERO, München
Umschlagabbildung: © Evgeny Turaev/shutterstock;
© Marie Maerz/shutterstock; © Pisut Tardging/shutterstock
Satz: Uhl + Massopust, Aalen
Druck und Bindung: GGP Media GmbH, Pößneck
Printed in Germany 2025
ISBN 978-3-328-11277-8

www.penguin-verlag.de

Liebe Leserinnen und Leser,

die Zeiten sind wahrlich nicht einfach, Krieg und Kon-
flikte überall, und genau deshalb hatte ich das dringende
Bedürfnis, etwas zu schreiben, das uns Hoffnung schenkt.
Ich wollte über die Freundschaft zwischen den Menschen
unterschiedlicher Nationen schreiben. So zum Beispiel über
meine Landsmänner die Schweden und die Deutschen, die
ich so sehr liebgewonnen habe in den letzten Jahren. Und
heraus kam diese Geschichte über eine Kleinstadt in Schweden, die es nicht einfach hat: Arbeitslosigkeit, die Jungen ziehen weg – sogar der örtliche Buchladen musste schließen.
Schlimmer geht es wirklich nicht! Aber als Blau-Gelb auf
Schwarz-Rot-Gold trifft, geht es endlich wieder bergauf ...

In diesem Sinne wünsche ich Ihnen viel Spaß mit meinem
kleinen Beitrag zur deutsch-schwedischen Freundschaft
und angenehme Lesestunden!

Herzlich,

Ihr Jonas Jonasson

Kaltenbacher und Kaltenbacher

Verdammte Skandinavier. Vor allem die Schweden!

Konrad Kaltenbacher hatte fünfzig Jahre gebraucht, um die ganze Welt zu erobern. Nun ja, *fast* die ganze Welt. In Buenos Aires schlief niemand besser als all jene, die sich in ein Bett der Marke *Traumbett* legten. Ebenso in Melbourne. Shanghai. Montreal. Tokio. New York. Und erst im Sheraton in Johannesburg, vom Hilton in Kairo ganz zu schweigen.

Traumbett – weil du dir guten Schlaf verdient hast.

Aber Schweden! Drei Markteroberungsversuche im Lauf der Jahre. Alle mit dem gleichen niederschmetternden Ergebnis.

Hinter geschlossenen Türen gab Konrad bereitwillig zu, dass die Schweden etwas von der Bettenfabrikation verstanden. Und doch wurmte es ihn, dass sich in diesen drei so wohlhabenden Ländern, Schweden, Norwegen und Dänemark, fast niemand in einem *Traumbett* schlafen legte. Es brachte ihn geradezu selbst um den Schlaf.

Er war jetzt fünfundsiebzig. Einer der großen Männer Hamburgs, wenn man so wollte. Allgemein bewundert für alles, was er erreicht hatte. Niemand konnte ahnen, dass seine Gedanken immerzu um das kreisten, was er *nicht* erreicht hatte.

Doch, *einer* schon! Konrad Kaltenbacher jr., der leibliche

Sohn des Bettenkönigs. Nichts und niemand konnte den Vater stolzer machen. Der Junior war schon lange bereit, die Geschäftsführung zu übernehmen, er würde das hervorragend hinkriegen!

Doch der Sohn kannte seinen Vater. Vorläufig hatte er um Erlaubnis gebeten, eine neue, alles entscheidende Skandinavienattacke in Angriff zu nehmen. Diesmal wollten sie nämlich auf »All In« setzen, wie die Amerikaner sagten. Nicht bloß Marketing und Verkauf, sondern auch eine Fabrik mit achthundert Mitarbeitern. Die Produktion in Hamburg musste ohnehin ausgebaut werden. Der Junior trug sich mit der Idee, das Geld stattdessen in Oslo, Kopenhagen oder Stockholm zu investieren.

»Traumbett goes Scandinavia!«, sagte der Sohn, als er seine Idee verkündete.

Der Vater hatte sich mittlerweile damit abgefunden, dass alle, die etwas Werbewirksames zu sagen hatten, sich heutzutage des Englischen bedienten. In fünfzig Jahren würde die deutsche Sprache unter Garantie ausgestorben sein. Und die schwedische gleich mit, sei's drum. Das Beste daran war, dass er dann schon längst tot und begraben sein würde.

Aber der Sohn hatte sich immerhin recht vernünftige Gedanken gemacht. Er hatte drei Monate lang geplant, berechnet und analysiert. Und das am Mahagonischreibtisch im Chefbüro der Firma *Traumbett*.

Er hatte nämlich vor einem halben Jahr das repräsentative Büro einschließlich der Sekretärin Frau Müller übernommen. Um der Belegschaft gegenüber ein Zeichen zu setzen: Nicht mehr lange, und Konrad Kaltenbacher würde in die Fußstapfen Konrad Kaltenbachers treten! So alt der Alte auch war, *Traumbett* blieb vital wie eh und je.

Offiziell war der ältere Konrad noch Geschäftsführer. Daher betrat er das Büro seines Sohnes, ohne vorher anzuklopfen. Irgendwo musste man ja eine Grenze ziehen.

»Willkommen, Vater!«, sagte Konrad jr.

Er saß bereits auf einem der beiden Ledersessel in der Besprechungsecke. Der andere Sessel wartete auf den Konzernchef.

Konrad jr. hatte einen Stapel Papiere auf dem Schoß. Auf dem Beistelltischchen zwischen den Sesseln standen schon ein volles Glas Mineralwasser für den Sohn und eines mit Cognac für den Vater.

Konrad sen. nahm Platz, nickte zufrieden in Richtung seines Schwenkers und kam direkt zur Sache: »Du hast dich also entschieden?«

Lächelnd erwiderte der Sohn, noch sei der Konzernchef für die Entscheidungen im Hause zuständig, aber, ja, er, Konrad, habe sich entschieden: »Oslo liegt rein logistisch gesehen etwas ungünstig, und der Preis des Geländes, das ich dort gefunden habe, entspricht einem halben Bruttosozialprodukt.«

Der Sohn wartete respektvoll ab, bis der Vater seinen ersten Schluck Cognac intus hatte, eher er fortfuhr: »Kopenhagen liegt unserem Hauptsitz und der Fabrik hier am nächsten. Das hat seine Vor-, aber auch seine Nachteile. In erster Linie wollen wir ja Schweden erobern, und da erscheint es mir eher suboptimal, wenn unsere Skandinavien-Niederlassung näher an Hamburg als an der schwedischen Hauptstadt liegt.«

»Und der Vorteil?«

»Eventuell der Preis.«

Nächste Kunstpause.

»Möchtest du noch ein Schlückchen nehmen, bevor ich weiterrede?«

Konrad sen. sagte, das könne warten. »Also Stockholm?«, erkundigte er sich.

Der Juniorchef bejahte. »Bislang habe ich erst Bilder und überschlagsmäßige Zahlen zu Gesicht bekommen, aber im ehemaligen Containerhafen Frihamnen, fünfzehn Minuten vom Zentrum der Hauptstadt, gibt es ein optimales Betriebsgelände mit perfekter Anbindung. Die Finanzsenatorin ist Feuer und Flamme, und sie hat keine vorgefassten Meinungen, dass Schweden lieber in schwedischen Betten schlafen sollten.«

»Warum auch? Mit achthundert neuen Arbeitsplätzen hat sie ja die allerbesten Chancen, die nächste Wahl zu überleben«, brummte der Senior.

»Das habe ich mir auch gedacht«, pflichtete der Junior ihm bei. »Allerdings liegt die Monatsmiete bei hundertdreißigtausend ...«

»Kronen oder Euro?«

»Euro, leider.«

Konrad sen. zuckte mit den Schultern. »Peanuts, wenn alles andere stimmt. Bist du bereit raufzufliegen, um es dir näher anzusehen?«

»Ja und nein«, antwortete der Sohn. »Die Mädchen und ich nehmen das Auto.«

»Du und dein Auto!«, sagte der Vater.

Der Sohn lächelte. »Wohl eher ich und meine Mädchen! Ich kann nirgends sonst so gut denken wie am Steuer, und wenn die Zwillinge auf dem Rücksitz singen, macht es noch mehr Spaß.«

Erster Arbeitstag

Im Großraum Hamburg wohnten gut fünf Millionen Menschen – und alle wussten, wer Konrad Kaltenbacher, der Bettenkönig der Stadt, war.

In Halstaholm, hundert Kilometer südwestlich von Stockholm, wohnten achttausendzweihundertacht. Die wenigsten von ihnen hatten je von Julia Bäck gehört.

Oder, etwas netter ausgedrückt: Halstaholm war nicht viel größer, als dass hier jeder jeden ein bisschen kannte. Aber dass die neunundzwanzigjährige Julia soeben den Posten der Bürgermeisterin der sterbenden Kleinstadt übernommen hatte, das hatte bloß in der Lokalzeitung gestanden, und deren Abo konnte sich allmählich sowieso kaum einer mehr leisten.

Es war also kein Wunder, dass der ältere Herr, der mit seinem Hund Gassi ging, Julia nur einen desinteressierten Blick zuwarf, als sie mit Aktenkoffer in der Hand an ihm vorbeiging.

»Guten Morgen«, sagte sie fröhlich.

»Morgen, das schon«, sagte der Hundebesitzer. »Aber was an diesem Morgen gut sein soll, das weiß ich auch nicht.«

Einer von den vielen Arbeitslosen und dann früher oder später Frühverrenteten, dachte Julia. Na, immerhin wohnte er im Gegensatz zu so vielen anderen immer noch hier. Bestenfalls zahlte er außerdem Hundesteuer. Kleinvieh macht schließ-lich auch Mist!

Die frischgebackene Bürgermeisterin kam an der einzi-gen Ladenzeile entlang der Hauptstraße des Städtchens vor-bei. Die Hälfte der Geschäfte noch zu, weil es früh am Mor-gen war. Die andere Hälfte endgültig geschlossen: Halsta Bild & Ton, Halsta Buchhandlung, Wanjas Reformhaus ...

Julia überlegte kurz, wohin es Wanja nach der Geschäfts-aufgabe wohl verschlagen hatte? Bestimmt nach Stockholm, wie üblich.

Ihr Ziel, das Rathaus, war nebenbei erwähnt ein schlech-ter Scherz, genau wie alles andere. Die Empfangsdame – in Personalunion eigentlich auch Mädchen für alles – Harriet Ljungberg war als Einzige übrig geblieben. Und natürlich die Bürgermeisterin. Dazu die Amateurpolitiker*innen im Gemeinderat, der einmal im Monat tagte. Einundzwanzig Mitglieder. Achtzehn matte und resignierte Gestalten, eine senile Neunzigjährige, von der keiner mehr wusste, unter welchen Umständen sie an ihr Amt gelangt war und warum sie es immer noch innehielt, und der unvermeidliche Pro-testpolitiker, der nur herummeckerte und Unmögliches ver-langte. Und am Kopfende des Tisches jetzt Julia Bäck, den Hammer der Vorsitzenden in der Hand.

Die neue Bürgermeisterin musste sich an ihrem ersten Tag im neuen Job selbst reinlassen. Super-Harriet war noch nicht am Platz. Warum auch, es war schließlich noch eine Stunde bis Dienstbeginn.

Julia schritt am Empfang vorbei durch die Glastüren und nahm die Treppe in den ersten Stock. Während sie ihren leeren Schreibtisch ansteuerte, fiel ihr das Schild an der Bürotür ins Auge:

Torsten Blomqvist
Bürgermeister

Ihr Parteigenosse Torsten konnte sich von nun an ganztags dem Angelsport widmen. Beim Gedanken an ihn musste Julia lächeln. Wie der sich für das Wohl der Kommune eingesetzt hatte! Fünfundzwanzig lange Jahre am Stück! Die ersten zehn waren der reinste Siegeszug gewesen. Die Stadt wuchs, Leute zogen zu, alle glaubten an die Zukunft.

Bis sich die ersten Anzeichen bemerkbar machten, dass die Reifenfabrik in Schieflage geriet. *Halstadäck* hatte ja Konkurrenz bis zum Abwinken. Michelin, Goodyear, Nokian ...

Torsten hatte den Ernst der Lage begriffen. Und sich aus Leibeskräften dafür starkgemacht, dass die Stadt einen Mammutkredit aufnahm. Die Reifenfabrik mit ihren ganzen zweiundsiebzigtausend Quadratmetern Firmengelände wurde in Topzustand gesetzt, der es dem Unternehmen ermöglichen sollte, sich aus der Krise zu stemmen.

Wenn es da mal bloß nicht zu spät gewesen wäre.

Elf Jahre war das jetzt her. Fünfhundertfünfzig Halstaholmern war fristlos gekündigt worden. Torsten und die Stadt blieben auf einem der größten und modernsten Betriebsgelände Schwedens sitzen. Leer wie ein Nistkasten im Dezember.

Während sich die Umzugswagen von Halstaholm weg anstatt in die richtige Richtung auf den Weg machten, versuchte Julias Vorgänger, einen neuen Mieter zu finden. Hunderttausend Kronen Monatsmiete konnten ja auch reichen. Oder fünfzig. Oder fünfundzwanzig.

Während der letzten beiden Jahre von Torstens Zeit auf dem Bürgermeisterstuhl, auf dem Julia soeben Platz genommen hatte, war der Preis auf eine Krone im Monat gesunken. Mit anderen Worten: zehn Cent für den internationalen Player, der eventuell nicht abgeneigt wäre.

Und da war doch tatsächlich einer aufgekreuzt! Eine estländische Firma erbot sich, die zehn Cent im Monat während des halben Jahres zu zahlen, das sie brauchten, um die Fabrik abzureißen und die Backsteine auf dem Secondhandmarkt für fünfhundert Euro den Kubikmeter zu verkaufen. Das war das erste und einzige Mal gewesen, dass Julia Torsten fluchen gehört hatte.

»Haut bloß wieder ab nach Tallinn, ihr verdammten Halsabschneider!«, hatte er verlauten lassen.

So hatten es die Halsabschneider gemacht, und seither war nichts Neues unter der Sonne passiert. Oder unter den Regenwolken. Es war ja schon Oktober.

Nichts Neues, nicht mal was die Arbeitslosenquote anging. Die stand gleichbleibend bei dreißig Prozent. Ohne anzusteigen, weil ja so viele wegzogen.

Natürlich ins verdammte Stockholm. Anderthalb Stunden Busfahrt, einschließlich einmal Umsteigen in Södertälje. Zu Zeiten der Reifenfabrik hatte es täglich vier Direktfahrten gegeben.

* * *

Julia Bäck klappte ihren mitgebrachten Laptop auf, schloss das Kabel an und begann zu googeln. Ihr war sonnenklar: Eine zu neuem Leben erweckte Fabrik stellte die einzige annehmbare Alternative dazu dar, dass Halstaholm den langsamen, aber schnurgeraden Weg in den eigenen Tod ging.

Doch weiter kam sie nicht, denn da flog die Bürotür auf, und herein kam Harriet, das Mädchen für alles, mit einem Tablett mit Kaffee und Zimtschnecken und einer einsamen

Rose in einer kleinen Vase. Und dazu einem Namensschildchen aus Leichtmetall.

»Guten Morgen, Frau Bürgermeisterin!«, zwitscherte Harriet. »Da bin ich schon, mit Kaffee!«

Harriet und Julia kannten und duzten sich schon lange. Julia war sich also ziemlich sicher, dass das feierliche »Frau Bürgermeisterin« nur für ihren ersten Tag im Rathaus vorbehalten war.

Nun stellte Harriet die Vase mit der einsamen Rose vor Julia auf den Schreibtisch.

»Die hier ist von einem heimlichen Verehrer, das heißt also von mir!«, verkündete sie.

»Ja, alles andere hätte mich auch sehr gewundert«, sagte Julia. »Denn leider ist der Dating-Markt in Halstaholm genauso trostlos wie der ganze Rest. Von daher bin und bleibe ich nun mal Single, und zwar bis ans Ende meiner Tage, wenn du mich fragst.«

Harriet nahm das Aluminium-Namensschildchen, stellte sich auf die Schwelle zu Julias Büro, tauschte *Torsten Blomqvist. Bürgermeister* gegen *Julia Bäck. Bürgermeisterin* aus, kam mit dem Schild des Vorgängers in der Hand wieder herein und warf es mit den Worten »Pardon, Torsten« in den Papierkorb in der Ecke.

Anschließend deckte sie ebendort den runden Tisch, an dem zwei Sitzgelegenheiten standen.

»Komm und setz dich, liebe Julia!«, sagte sie. »Der Kaffee ist frisch aufgebrüht, und die Zimtschnecken sind aus Algots Konditorei. Ein Wunder, dass die noch nicht dichtgemacht haben!«

Julia bedankte sich für die Rose und erhob sich vom Bürostuhl, um ihrer Assistentin am runden Tisch Gesellschaft zu leisten. Zur Rose fiel Harriet ein: »Unten am Empfang sind noch mehr Blumen. Die sind gleichzeitig mit mir gekommen. Ich hab alle ins Wasser gestellt.«

»Wollen mich etwa so viele beglückwünschen?«, staunte Julia.

»Na ja, wie man's nimmt«, murmelte Harriet mit vollem Zimtschneckenmund. »Torsten natürlich. Ist er nicht süß! Und Andersson von der Klempnerei Andersson, ich glaube, der fischt nach Aufträgen, für den Fall, dass wir uns entschließen, das Hallenbad renovieren zu lassen und neu aufzumachen. Und dann noch einer ...«

»Das Schwimmbad?«, fragte Julia. »Wozu sollten wir das denn wieder aufmachen? Damit alle, die noch nicht von hier weggezogen sind, was haben, worin sie sich ertränken können?«

Für eine Antwort hatte Harriet zu viel am letzten Bissen ihrer Zimtschnecke zu kauen. Und Julia schien in sich hineinzulauschen. Ein Weilchen blieb es still, bis Harriet sagte: »Denkst du an die Reifenfabrik?«

Julia nickte.

»Elf Jahre ist es jetzt her, dass sie aufgegeben haben. Da war ich achtzehn und bis dahin der felsenfesten Überzeugung, dass Halstaholm das Himmelreich auf Erden war ... Zu der Zeit waren wir über sechzehntausend. Jetzt sind wir achttausendzweihundertacht.«

»Demnächst achttausendzweihundert*vier*«, sagte Harriet. »Gestern hab ich von dem Gartencentermann gehört, dass er mit seiner Familie einpackt. Die ziehen wohl nach Göteborg. Er hat gesagt, er versteht ja, dass die Leute von ihrem letzten Geld keine Rhododendronsträucher kaufen, aber wenn er jetzt nicht mal mehr Geranien für neun Kronen das Stück loswird, dann weiß er sich auch nicht mehr zu helfen.«

»Verdammt!«, sagte Julia. »Die Stadt sitzt auf der modernsten Fabrikhalle der Welt, die einfach leer steht! Wusstest du, dass es uns sechzigtausend im Monat kostet, den Scheiß einfach nur zu erhalten?«

»Wofür genau?«, erkundigte sich Harriet.

»Verfluchter Mist, was weiß ich denn! Strom, Wasser, Heizung ... Ich hab nur die Zahlen gesehen.«

»Irre, du hast in deiner ersten halben Stunde im Job mehr geflucht als Torsten in fünfundzwanzig Jahren«, sagte Harriet beeindruckt. »Und wenn du einfach das ganze Ding abreißen lässt? Oder könnte man die Fabrik in Wohnungen umwandeln?«

»Wohnungen? Die Leute ziehen weg, Harriet. Nicht zu!«

»Ich hab nur gedacht ...«

»Sehr gut! Genau das brauchen wir! Wir müssen denken! Möglichst offensiv!«

»Wieder in die Reifenproduktion einsteigen?«

»Nein, ich bin Bürgermeisterin, keine Reifenfabrikantin. Aber es muss doch noch was anderes geben!«

»Was könnte das sein?«

»Weiß ich doch nicht! Zweiundsiebzigtausend Quadratmeter! Immer noch in Topzustand! Ich verscherble das Ganze ruckzuck für zehn Mäuse an jeden, der verspricht, herzuziehen und Leute einzustellen.«

»Und die Stromrechnung zu bezahlen?«

»Versteht sich.«

»Wer könnte das sein?«

Die Antwort darauf blieb Julia Bäck ihrer Empfangsdame schuldig.

Die Bürgermeisterin und
der Fisch ohne Namen

Eine einstweilen sehr ratlose Bürgermeisterin ließ ihren ersten Arbeitstag auf dem Sofa im heimischen Wohnzimmer ausklingen – in Jogginghose, ein Glas Roten auf dem Couchtisch, Laptop auf dem Schoß –, während ihr Haustier, ein Guppy, einsam in dem kleinen Aquarium auf einem Wandbord seine Bahnen schwamm.

Julia googelte nach denkbaren Firmen, die bereit sein könnten, sich in Halstaholm niederzulassen.

»Apropos Google, Fisch«, sagte sie zu dem namenlosen Guppy. »Wie wäre es mit einem skandinavischen Google-Standort hier bei uns? Aber stellen die überhaupt Leute ein, die älter als neunzehn sind? Und was fangen fünfhundert Neunzehnjährige nach Feierabend in Halstaholm an? In der Pizzeria gibt es doch höchstens zwanzig Stühle? Und nicht mal einen Flipperautomaten oder Kicker.«

Der Guppy antwortete nicht.

Julia googelte weiter.

»Ikea?«, sagte sie. »Dafür haben wir vielleicht nicht so ganz den Kundenstamm, oder was meinst du? Da müsste wohl jeder Halstaholmer ein neues Billy-Regal am Tag kaufen. Und wenn man bedenkt, dass sie sich nicht mal Geranien zu neun Kronen das Stück leisten ...«

Der Guppy blieb so stumm wie zuvor.

Julia setzte ihre Suche fort. Da fiel ihr plötzlich eine Schlagzeile in der überregionalen Zeitung *Dagens Nyheter* ins Auge:

Kommt deutscher
Mega-Konzern nach
Stockholm?

Der deutsche Multimilliarden-Konzern Traumbett *sucht einen Standort in Skandinavien. Wie aus gut unterrichteten Kreisen verlautet, liegt ein städtisches Betriebsgelände in Frihamnen im Wettbewerb mit der Konkurrenz aus Oslo und Kopenhagen ganz vorn im Rennen. Eine* Traumbett-*Fabrik kann der schwedischen Hauptstadt Hunderte neuer Arbeitsplätze verschaffen. In dem Fall wäre es die größte deutsche Firmenniederlassung in Schweden seit ...*

Den Rest überflog Julia.

Produktion, Vertrieb, Verkauf ...

Sie drehte sich zu dem Guppy im Aquarium um: »Was meinst du, Fisch? Sollen wir auf die Deutschen setzen? Und Halstaholm zum skandinavischen Bettenzentrum machen?«

Plötzlich setzte sich die eben noch auf dem Sofa vor sich hin lümmelnde Bürgermeisterin kerzengerade auf und schlug einen feierlichen Ton an: »Willkommen in der Schlafstadt Halstaholm.«

Als ob ein flotter Slogan die Lösung für alles wäre.

»Zieht nach Halstaholm – Nachtruhe garantiert!«

Immer noch kein Wort vom Guppy.

»Ich vermisse deinen Zuspruch, Fisch. Bist du sauer auf mich, weil ich dir noch keinen Namen verpasst habe?«

Es war schon spät am Abend. Zeit für eine Mütze Schlaf im eigenen Ikea-Bett. Julia Bäck hatte sich entschieden. Am nächsten Morgen wollte sie in Hamburg anrufen. Die neue Bürgermeisterin stand vom Sofa auf und knipste das Aquariumlicht mit einem letzten Gruß an ihren einzigen Gefährten aus: »Wenn alles gut geht, musst du lernen, auf Deutsch zu schweigen.«

Anruf aus dem Weißen Haus

Konrad Kaltenbacher jr. saß an dem Mahagonischreibtisch, vor sich die drei Dossiers Stockholm, Oslo, Kopenhagen. Er hatte das Gefühl, er müsse sich die drei Optionen ein letztes Mal in aller Ruhe durch den Kopf gehen lassen. Der Firmenerbe hatte soeben seinen Vater überredet, wenigstens noch ein paar Jahre auf dem höchsten Chefposten zu bleiben. Dann konnte Konrad jr. mit den Mädchen umziehen, nach – tja, ob es wohl Stockholm werden würde? –, und sich persönlich darum kümmern, dass *Traumbetts* letzter weißer Fleck auf der Landkarte Farbe bekam.

Doch das waren weitreichende Entscheidungen. Er wandte sich via Sprechanlage an seine Sekretärin: »Frau Müller ... guten Morgen. Ob Sie wohl so nett sein könnten, mir heute Vormittag sämtliche Anrufer vom Leib zu halten? Ich habe über einiges nachzudenken und brauche vollkommene Ruhe.«

»Gewiss doch, Herr Doktor Kaltenbacher«, sagte Frau Müller.

* * *

Zur gleichen Zeit hatte Julia Bäck in ihrem wesentlich schlichteren Stadtverwaltungsbüro in Halstaholm die Telefon-

21

nummer des Bettenkonzerns in Hamburg entdeckt und dazu den Namen des obersten Chefs. Sie wählte, ohne vorher groß nachzudenken. Und bekam eine deutsche Stimme ans Ohr: »Willkommen bei *Traumbett*. Was können wir für Sie tun?«

Julia entschuldigte sich dafür, dass sie lieber Englisch redete, und verkündete, sie wolle Herrn Dr. Kaltenbacher sprechen.

»Den jüngeren oder den älteren?«, wurde sie auf Englisch gefragt.

Was sollte die Frage? Wie viele Kaltenbachers gab es in dieser Firma? Aber vielleicht war der jüngere neuen Ideen gegenüber aufgeschlossener?

»Den jüngeren, bitte.«

»Ich verstehe. Aber leider ist Herrn Doktor Kaltenbachers Sekretärin eine äußerst viel beschäftigte Person; darf ich fragen, worum es geht?«

Ging es noch umständlicher?

»So leid es mir tut, dass die Sekretärin des Herrn Doktor so beschäftigt ist, so wollte ich doch nicht zu ihr, sondern zum Herrn Doktor persönlich.«

Der Empfangsdame verschlug es die Sprache.

»Wie gesagt ...«, setzte sie nach kurzer Pause erneut an.

Währenddessen flog Julias Blick auf dem Bildschirm zum Zeitungsartikel in der *Dagens Nyheter*, der davon kündete, dass es *Traumbett* möglicherweise nach Stockholm zog. Und zum Bildschirmfenster daneben mit einem ganz anderen Artikel: über die Spannungen zwischen Taiwan und dem chinesischen Festland. Und die Besorgnis, die der amerikanische Außenminister Antony Blinken geäußert hatte.

Ohne groß nachzudenken, griff sie nach diesem Strohhalm und schoss aus der Hüfte. Mit einem so amerikanischen Akzent, wie sie nur konnte, sagte sie: »Hören Sie, ich rufe aus dem Weißen Haus in Washington an, im Auftrag des Außenministers Antony Blinken. Es geht um fünfundsechzigtausend Betten. Oder, wie der Herr Außenminister zu sagen pflegt: *Nur ein ausgeschlafener Nato-Soldat ist ein guter Nato-Soldat.*«

Die Empfangsdame verstummte erneut.

»Wären Sie daher wohl so freundlich, mich mit Herrn Doktor Kaltenbachers viel beschäftigter Sekretärin zu verbinden, damit ich mich bei der Dame erkundigen kann, wie beschäftigt der Herr Doktor seinerseits ist, den der Außenminister nun mal zu sprechen wünscht?«

»Augenblick, bitte«, bekam Julia Bäck rasch zur Antwort, ehe sie auch schon auf Halten gesetzt wurde.

* * *

Mit einem tiefen Seufzer sortierte Konrad Kaltenbacher Oslo und Kopenhagen aus und überantwortete beides dem Papierkorb. Es würde ganz einfach Stockholm werden.

Da klopfte es kurz an der Tür, und seine Sekretärin kam ungebeten herein.

»Frau Müller … habe ich nicht deutlich genug gesagt, dass ich nicht gestört werden will?«, fragte er erstaunt. Denn Konrad Kaltenbacher jr. war ein wirklich freundlicher Mann.

Frau Müller trat nervös von einem Bein aufs andere. »Ich weiß, Herr Doktor, aber da ist ein Anruf aus dem Weißen Haus in Washington, Außenminister Blinken möchte Sie sprechen.«

»Na so was!«, sagte Konrad Kaltenbacher und richtete sich in seinem Chefsessel auf. »Noch dazu, wo es in Washington gerade mitten in der Nacht ist … ich verstehe schon … Aber nun ja, stellen Sie durch.«

Die gute Frau Müller nickte erleichtert, verließ den Raum und stellte die wartende Anruferin durch. Als das rote Lämpchen blinkte, drückte Konrad Kaltenbacher die Taste und ließ die Freisprecheinrichtung laufen. In flüssigem Englisch meldete er sich mit:»Doktor Kaltenbacher hier. Rufen Sie aus dem Weißen Haus an?«

Julia hatte es tatsächlich geschafft. Not machte eben doch erfinderisch, und so hatte sich die mittlerweile recht erfinderische Bürgermeisterin bis ganz zum Chef der Firma *Traumbett* durchgemogelt. Hoffentlich hatte sie auch den richtigen Chef am Apparat. *Doktor* hörte sich ja schon nach Chef an, auch wenn er als der *jüngere* wohl eher nicht der Seniorchef war. Aber was sollte sie jetzt sagen?

So weit hatte sie noch gar nicht vorausgedacht.

»Aus dem Weißen Haus? Nein, das muss ein Missverständnis sein. Ich rufe an, um Ihnen ein weißes Haus anzubieten! Oder na ja, also eigentlich ist es nicht direkt weiß, sondern eher rot. Aber es ist in jeder Hinsicht genau das, was Sie suchen, Herr Doktor Kaltenbacher. Und so gut wie geschenkt!«

Spätestens jetzt hatte sich Konrad Kaltenbachers Vorahnung bestätigt, dass sich da jemand an seiner Sekretärin vorbeigemogelt hatte. Er lehnte sich in seinem Chefsessel ein wenig zurück. Dieses Gespräch würde nicht lange dauern.

»Für gewöhnlich unterlaufen Frau Müller keine Missverständnisse.«

»Eine fantastische Fabrikhalle, und so gut wie gratis, habe ich das schon erwähnt?«

Etwas – was auch immer es sein mochte – rang Konrad Kaltenbacher tatsächlich ein kleines Lächeln ab. Diese Frau war ja nun dreist bis dorthinaus, aber da war doch auch etwas Kreatives an ihrer Vorgehensweise. Konrad beschloss, das Gespräch noch ein klein wenig fortzusetzen: »Nur so aus Neugier, darf man erfahren, wo sich dieses – quasi geschenkte – rote Gebäude befindet?«

Beflügelt, dass der Herr Doktor noch nicht aufgelegt hatte, rief Julia Bäck mit frischer Energie: »Im wunderbaren, wunderbaren Halstaholm! Der schwedischen Zukunftsstadt!«

Amüsiert zog Konrad Kaltenbacher einen Mundwinkel nach oben.

»Schweden? Hm, das passt dann ja erst mal. Ob ich wohl auch noch in Erfahrung bringen dürfte, mit wem ich eigentlich das Vergnügen habe?«

Das lief ja wie geschmiert. Vor lauter Aufregung war Julia noch nicht mal dazu gekommen, sich vorzustellen.

»Ich heiße Julia Bäck und bin Bürgermeisterin und Vorsitzende des Gemeinderats eben dieser Stadt. Ich rufe an, um Ihnen ein Angebot zu machen, das Sie nicht ausschlagen können.«

Nun, da war Konrad Kaltenbacher anderer Meinung.

»Als Vize-Geschäftsführer von *Traumbett* bin ich für die Skandinavien-Strategie unserer Firma verantwortlich. Und in dieser Funktion kann ich tatsächlich *jeden* Ihrer Vorschläge ablehnen, Mrs Bäck.«

Es war erst wenige Monate her, dass Julia aus gutem Grund ihren Freund rausgeschmissen hatte und allein mit dem Guppy zurückgeblieben war.

»Miss Bäck«, korrigierte sie ihn deshalb. »Nicht *Misses*. Aber wo wir schon bei Titeln und Namen sind ... sind Sie ZWEI Konrad Kaltenbacher in Ihrer Firma? Wird es Ihnen da nicht ein bisschen eng?«

Nun zog sich auch Konrad Kaltenbachers anderer Mundwinkel nach oben. Da half alles nichts, die Schwindlerin am anderen Ende der Leitung hatte Charme.

»Konrad Kaltenbacher senior ist mein Vater, ich bin der Sohn. Und im Unterschied zu Ihnen, *Miss* Bäck, sind wir auch wirklich die, für die wir uns ausgeben.«

Julia spürte, dass ihr der Deutsche trotz allem eine gewisse Sympathie entgegenbrachte.

»Jetzt wollen wir mal nicht kleinlich sein, Herr Doktor. Wenn ich meinen richtigen Namen gesagt hätte, hätten Sie das Gespräch doch nie und nimmer angenommen, oder?«

»Sie hätten meine Sekretärin um einen Rückruf bitten können.«

»Hätten Sie den getätigt?«

»Nein.«

»Na also«, sagte Julia Bäck. »Jetzt habe ich das Gefühl, dass in diesem Gespräch nur noch eine Frage aussteht.«

»Und zwar?«

»Wann können Sie hier vorbeischauen? Zweiundsiebzigtausend Quadratmeter, alles so gut wie neu, sämtliches benötigte Personal im Prinzip schon am Platz, und das Beste von allem: Sie kommen ganz ohne Stockholm aus, Herr Doktor Kaltenbacher! Halstaholm ist die Stadt, die *alles* zu bieten hat!«

»Alles?«, entfuhr es dem Herrn Doktor.

»Bis auf ein geöffnetes Hallenbad«, gab Julia zu.

Konrad Kaltenbacher war sich nicht sicher, ob es sich nicht um einen Telefonscherz handelte, aber es amüsierte ihn immer noch.

»Hören Sie mal, *Miss* Bäck. Ich hätte schon längst auflegen sollen. Hier anzurufen und zu behaupten, Sie wären vom Weißen Haus – so eine Unverschämtheit!«

Doch da wurde er unterbrochen.

»Ich will einen Euro für alles zusammen!«

Den ganzen Morgen und Vormittag über hatte sich Konrad

Kaltenbacher Sorgen wegen der Monatsmiete von hundert-dreißigtausend Euro für die Fabrik in Frihamnen gemacht.

»Einen Euro?«, rief er aus.

»Endlich geht es Ihnen auf!«, antwortete Julia Bäck. »Sie können die schickste Fabrikhalle der Welt für einen Euro haben! Wenn Sie gerade nicht so flüssig sind, können wir Ratenzahlung vereinbaren. Ich verlange nichts weiter, als dass Sie sich hier in Halstaholm niederlassen, der Stadt, zu der alle Wege führen!«

»Ja, das ist doch aber schon Rom?«, erwiderte Konrad Kaltenbacher.

»Rom und Halstaholm, so sagt man.«

Traumbett erzielte beachtliche Gewinne in mindestens hundertfünfundsechzig Ländern; die Umsätze überstiegen bei Weitem den einen Euro, den Julia Bäck da soeben verlangt hatte.

»Darf ich fragen, wo dieses Halsta ... noch was liegt?«

»Halstaholm! Einen Steinwurf südwestlich von Stockholm.«

»Und wie weit wirft der Schwede so im Allgemeinen einen Stein?«

Damit traf er nun allerdings einen wunden Punkt. Bevor es mit dem Elend losgegangen war, hatten sie ja keine Stunde mit dem Bus gebraucht, aber jetzt musste man in Södertälje umsteigen. Und der Flughafen Arlanda lag noch mal eine knappe halbe Stunde nördlich von der Hauptstadt entfernt.

»Zurzeit ist das gerade noch etwas holprig«, räumte Julia ein. »Aber die Südliche Stammbahn bekommt eine neue Streckenführung, und in zwei Jahren sind wir mit einer Fahrt von nur noch zwanzig Minuten an die Hauptstadt angebunden.«

So ganz stimmte das freilich nicht. Auf dem Tisch der Regierung lagen zwei alternative neue Stammbahnstrecken, der Beschluss darüber stand noch aus. Aber die Halstaholmstrecke hieß »Alternative 1«, und das musste Julia für den Moment reichen.

Während Kaltenbacher gerade über ihre Worte nachzudenken schien, ergriff sie die Gelegenheit beim Schopf: »Wann kommen Sie also?«

Und tat daraufhin, als würde sie ihren Kalender durchforsten. »Hm, mal sehen … nächste Woche Montag könnte gehen.«

Keine Reaktion.

»Ach, der Dienstag auch, sehe ich gerade.«

Immer noch Schweigen. Julia konnte Konrad Kaltenbachers wachsendes Vergnügen an der ganzen Situation nicht sehen, geschweige denn ahnen.

»Mittwoch … wenn ich ein Meeting verschiebe. Also eigentlich die ganze Woche, wenn man es genau nimmt.«

»*Miss Bäck*«, sagte Konrad Kaltenbacher.

»Ja, Herr Doktor?«

»Zweiundsiebzigtausend Quadratmeter für einen Euro, das hört sich annehmbar an, vor allem wenn man bedenkt, dass Sie einen großzügigen Ratenzahlungsplan anbieten. Aber *Traumbett* braucht reichlich Gewerbefläche auch außerhalb der Werkhalle: teils für Vertrieb, Be- und Entladen. Aber vor allem für bis zu zweihundert Stellplätze. Kann Halstaholm damit aufwarten?«

Blitzschnell und vollkommen wahrheitswidrig entgegnete Julia: »Selbstverständlich, Herr Doktor Kaltenbacher! Reichen zweihundert Plätze? Nicht lieber dreihundert?«

* * *

Da half alles nichts. Diese seltsame Person am anderen Ende der Leitung gab Konrad ein gutes Gefühl. Er musste sich über sich selbst wundern, als er sich sagen hörte: »Also, so sieht's aus, *Miss* Bäck, am Mittwoch nächster Woche habe ich einen Termin in Stockholm. Ich werde mit meiner Familie im Auto anreisen. Aus purer Neugier können wir auf der Rückfahrt einen Abstecher nach Halstaholm machen, sagen wir so gegen fünfzehn Uhr am Donnerstag. Passt das in Ihren vollen Terminkalender?«

Julia tat, als durchstöberte sie ihre nicht vorhandene Agenda noch etwas.

»Donnerstag passt zufällig besonders gut, wie ich gerade sehe.«

»Dann machen wir es so. Ich gebe meiner Sekretärin Bescheid, und Sie stimmen morgen die Details mit ihr ab, okay?«

Julia sprang vor Glück auf und riss beide Arme hoch, als hätte sie soeben ein Tor in einem WM-Finale geschossen.

Konrad Kaltenbacher fuhr fort: »Und wenn Sie morgen Frau Müller anrufen, will ich nichts davon hören, dass Antony Blinken, Mutter Teresa oder Nelson Mandela nach mir fragen. Sie melden sich mit richtigem Namen, sind wir uns da auch einig?«

»Die letzten beiden sind doch wohl tot, oder etwa nicht?«, sagte Julia.

»Ich denke, Sie verstehen, worum es mir geht, *Miss* Bäck.«

»Ja, Herr Doktor Kaltenbacher. Verstanden.«

* * *

Während des letzten Teils des Telefonats war Harriet ins Büro der Bürgermeisterin gekommen. Da auch Julia auf

Lautsprecherfunktion gestellt hatte, hatte ihre Angestellte alles mithören können.

»Der deutsche Bettenfabrikant?«, sagte sie, nachdem Julia aufgelegt hatte.

»Ja, liebe Harriet! Das ist so gut wie geritzt!«

Die Empfangsdame gab sich da noch etwas zurückhaltender. »Wie viele Stellplätze gibt es vor der Fabrik? Dreißig?«, fragte sie vorsichtig.

»Wohl eher zwanzig«, riet Julia.

»Und du hast einfach mal eben zweihundert versprochen? Und weitere hundert angeboten, falls dieser Herr Soundso es wünscht?«

»Dieses Detail muss ich mir noch mal durch den Kopf gehen lassen«, sagte Julia. »Er heißt übrigens Kaltenbacher. Offenbar gibt es noch mehr davon in der Firma.«

»Und du weißt schon, dass die Regierung noch nicht entschieden hat, wo die neue Stammbahnstrecke verlaufen soll?«

»Wir sind Alternative 1, liebe Harriet. Jetzt sieh doch bitte nicht alles so schwarz.«

Beim Thema Schwarzsehen fiel der Empfangsdame ein, dass Hasse Eriksson unten wartete. Der Protestpolitiker, mit dem Harriet so gar nicht konnte.

»Hasse? Was will der denn?«

»Wegen dem Schwimmbad rumdiskutieren, schätze ich mal. Er hat sich in den Kopf gesetzt, dass die Gemeinde wieder aufblüht, wenn die Einwohner bloß ab und an ins Wasser hüpfen können. Er hat offenbar vor, auf der nächsten Ratssitzung einen Antrag zu dem Thema zu stellen, hätte gern neunhunderttausend für Strangsanierung, neue Fliesen und sonst noch das eine oder andere.«

Julia seufzte. »Wir sollen also neunhunderttausend von

dem Geld nehmen, das wir nicht haben, um das Hallenbad für die Einwohner, die wir bald nicht mehr haben, instand zu setzen?«

»Ungefähr so, ja.«

»Geh runter und richte ihm aus, dass die Bürgermeisterin gerade mitten in einem wichtigen Telefonat mit dem amerikanischen Außenminister ist, aber er kann sich gerne einen Termin geben lassen.«

»Ich kann nicht so gut lügen wie du, Julia. Aber was glaubst du, wann du Zeit für ihn hast? Irgendwann nächste Woche?«

Julia Bäck tat wieder so, als konsultiere sie ihren Kalender, der noch vor wenigen Minuten vollkommen leer gewesen war – und den es immer noch nicht gab.

»Nächste Woche sieht vollgepackt aus. Die Woche drauf?«

Die Finanzsenatorin und
der Unternehmensberater

Ingela Franzén, ihres Zeichens Stockholmer Finanzsenatorin, kam nicht ohne ihren Freelance-Consultant Kenneth Carlander aus. Leider kam sie auch mit ihm nicht besonders aus. Jemand Nervigeres als der Consultant war schwer vorstellbar. In geschlossenen Räumen ließ er sich nur mit Mühe und Not ertragen.

Vor vier Stunden hatte der deutsche Unternehmer sie zurückgerufen und gesagt, er sei mit Carlanders Präsentation zufrieden und wolle vorbeikommen, um sich die Verhältnisse vor Ort näher anzusehen. Doch erst jetzt beliebte es dem Consultant im Büro der Finanzsenatorin einzutrudeln.

»Morgen, Süße!«, sagte Kenneth Carlander.

»*Frau Finanzsenatorin* wäre angebrachter«, entgegnete Ingela Franzén.

Doch der Consultant war bereits an ihrem Schrank zugange und wühlte darin herum. »Hast du hier nicht irgendwo Whisky? Doch, da! Kein Eis? Muss auch so gehen. Auch einen?«

»Setz dich hin und sperr beide Ohren auf, du elender Nichtsnutz«, sagte Ingela Franzén.

Carlander ließ sich ihr gegenüber auf den Stuhl fallen,

stellte der Finanzsenatorin einen Whisky auf den Tisch und nahm einen tüchtigen Schluck von seinem.

»Irgendwas Neues vom Deutschen?«, sagte er. »Was war das für ein Mega-Aufriss für mich, die Loser von Vormietern rauszuschmeißen. Sechzig Squashplätze gegen achthundert neue Arbeitsplätze für dein Stockholm, na, wer da wohl gewinnt, hm?«

Ingela Franzén wand sich. Wer wusste schon, ob es bei der Zwangsräumung der Vormieter so ganz mit rechten Dingen zugegangen war; aber da der Berater das erledigt hatte, konnte die Sache zum Glück nicht auf sie zurückfallen.

»*Der Deutsche* hat einen Namen, Doktor Konrad Kaltenbacher junior, und ja, er hat sich gemeldet. Offensichtlich hast du Oslo und Kopenhagen aus dem Rennen geworfen. Er kommt am Dienstagabend nach Stockholm und will sich am Mittwochvormittag das Gelände zeigen lassen. Treffpunkt hier in meinem Büro. Kannst du versprechen, pünktlich da zu sein, und vor allem nüchtern?«

»*I knew it!*«, johlte Kenneth Carlander. »Ich bin der Hammer! Keine Sorge, Schätzchen, ich werde schon nüchtern aufschlagen! Ach übrigens, willst du deinen Whisky nicht?«

Ohne die Antwort der Finanzsenatorin abzuwarten, schnappte er sich ihr Glas und schickte es dem ersten hinterher.

Ingela Franzén wusste, dass sie *Traumbett* ohne den Flegel vor ihrer Nase niemals geködert hätten. Trotzdem sehnte sie sich im Grunde ihres Herzens danach, ihn aus dem Fenster werfen zu können. Sie waren immerhin im dritten Stock, das musste doch reichen.

»Allerdings gibt es zwei Probleme«, sagte die Finanzsenatorin.

»Probleme sind mein Spezialgebiet«, antwortete der Consultant und lehnte sich noch weiter im Sessel zurück. *»Just hand them over.«*

Ingela Franzén gehörte (wie Konrad Kaltenbacher sen.) zu einer Generation, die nicht verstand, wieso man bei jedem zweiten Satz ins Englische wechseln musste.

»Englisch kannst du am Mittwoch mit dem Deutschen reden, wenn dein Schuldeutsch zu schlecht ist. Hier und jetzt sollst du gefälligst Schwedisch reden – oder noch besser zuhören.«

Daraufhin erklärte sie, Herr Dr. Kaltenbacher habe ihr einige Fragen zumailen lassen, auf die er Antworten wünsche: etwa, was in der Miete enthalten sei und welche Möglichkeiten zum Um- und Ausbau es gebe. Es ging dabei im Großen und Ganzen um die Kosten für Strom, Wasser, Handwerker und so weiter.

»Das kriegen wir schon hin«, sagte der Consultant.

»Nein, das tun wir nicht, wenn du nicht bis Mittwoch die Antworten auf seine Fragen hast!«, fauchte Ingela Franzén.

»Immer mit der Ruhe«, sagte Kenneth Carlander und stand auf, um sich unauffällig in Richtung Barschrank zu begeben.

»Finger weg vom Whisky!«, sagte die Finanzsenatorin. »Außerdem wusste Doktor Kaltenbacher noch zu berichten, dass er einen Abstecher nach Halstaholm auf seiner Rückfahrt nach Hamburg eingeplant hat, als potenzielle Alternative zu Frihamnen.«

Das brachte den Consultant nun allerdings doch von der Whiskyfährte ab.

»Scheiße, was soll das? Halstaholm? Wo ist das denn? Irgendwo am Arsch der Welt? Was haben die schon zu bieten außer Feldern und Wiesen?«

»Felder, Wiesen – und eine stillgelegte Reifenfabrik«, erklärte die Finanzsenatorin.

Halstadäck!, schoss es dem Consultant durch den Schädel. War es nicht zehn Jahre her, dass die dichtgemacht hatten? Also, wenn die damals einen Platten gehabt hatten, ließ sich das im Bedarfsfall sicher erneut arrangieren.

»Wenn das Ihre Probleme sind, Frau Finanzsenatorin, darf ich bitten, mich zu entschuldigen. Kenneth Carlander hat gehört und verstanden. Jetzt habe ich einen wichtigen Geschäftstermin in der Stadt.«

Der Consultant machte sich bereit zum Abmarsch.

»Aha, in welcher Kneipe denn?«, erkundigte sich Ingela Franzén etwas unterkühlt. »Und nimm die Fragen nach Strom, Wasser und so weiter mit.«

Sie reichte ihm die Seiten, die Herr Dr. Kaltenbacher ihr zugemailt hatte.

»Deutsche Gründlichkeit«, seufzte der Consultant. »Auch das noch!«

»Achthundert schwedische Arbeitsplätze, du Idiot!«, sagte die Finanzsenatorin.

Die Taskforce der Bürgermeisterin

Konrad Kaltenbacher jr. liebte seinen schwarzen Audi A9 mit getönten Scheiben. Zwölf Stunden von Hamburg bis Stockholm mit ein paar McDonald's-Pausen unterwegs. Gute Musik aus den Lautsprechern und fröhliches Geplauder mit den Zwillingen auf dem Rücksitz. Maren und Marie waren nicht nur entzückend, sie waren sein Ein und Alles.

Außerdem hatte er ausreichend Zeit nachzudenken, wenn die Mädchen sich selbst beschäftigten. Kurzfristig, langfristig. Praktisch. Technisch. Strategisch. Planungssicher. Nirgends sonst konnte er so gut denken wie am Steuer.

Allerdings bereute er jetzt schon, dass er sich von dieser Julia Bäck in Halstaholm hatte beschwatzen lassen. Die hatte doch eindeutig irgendwo eine Schraube locker, und jetzt würden sie nicht vor Donnerstagnacht wieder in Hamburg sein. Die Mädchen mussten doch am Freitag zur Schule.

Aber zugesagt war zugesagt. Diese schwedische Bullerbü-Alternative würde sich ja wohl in zwanzig Minuten abfrühstücken lassen. Und eins nach dem anderen. Zunächst mal ein langer Tag ab morgen früh. Acht Uhr Abfahrt, gegen zwanzig Uhr Einchecken im Grand Hôtel Stockholm. Ein bisschen Fitnessbereich, damit die Mädels im Pool plan-

schen konnten, duschen und Abendessen. Gegen elf Bett-
karte lochen.

* * *

Während der deutsche Juniorchef am besten am Steuer
nachdenken konnte, galt das Gleiche für Julia Bäck, wenn
sie von ihrem Häuschen am Stadtrand von Halstaholm die
knapp fünfzehn Minuten zum Rathaus zu Fuß zurücklegte.

Und Denken tat not! Vor allem schnell Denken. Es war
schon Montag nach einem mordsmäßig langweiligen Weiterbildungskurs in – ausgerechnet! – Stockholm. Mit dem
Titel *Die Rolle der natürlichen Ressourcen im ländlichen Kon-*
text bei schrumpfenden geografischen Gegebenheiten. Aus
dem dreitägigen Gelaber eines britischen Professors der
Agrarwissenschaften hatte Julia zweierlei gelernt: 1.) dass die
Luft auf dem Lande frischer ist als in der Stadt, und 2.) dass
die Teilnahme an einem Weiterbildungskurs absolut nicht
die beste Methode war, Halstaholm zu retten.

Ihr Weg zur Arbeit führte sie unter anderem an der stillgelegten Reifenfabrik vorbei. Was die Bürgermeisterin in die
Lage versetzte, die Anzahl der Stellplätze genauer nachzu-
zählen. Sie kam auf zweiundzwanzig, erweiterbar auf fünfundzwanzig, wenn sie ein paar Fahrradständer umsetzen
ließ.

Wie viele hatte sie noch mal versprochen? Zweihundert?
Dreihundert? Zuzüglich Platz zum Be- und Entladen. Das
machte ein paar Tausend Quadratmeter extra.

Hinter der Fabrik plätscherte der Bach, der ließ sich ja
nun schlecht zuschaufeln. Auch wenn Julia sich mit Wasser-
läufen nicht besonders auskannte, war ihr doch klar, dass
das keine gute Idee wäre.

37

Im Osten ging das Fabrikgelände direkt in den Stadtpark über. Gegen einen Antrag, den platt asphaltieren zu lassen, würden selbst die trägen Gemeinderatsmitglieder Einspruch erheben. Von ihrem speziellen Freund, Protestpolitiker Hasse Eriksson, ganz zu schweigen.

Westlich, nordwestlich und nördlich der Fabrik, das war die einzige Chance. Und dieser Grund und Boden gehörte dem alten Bolmgren. Als ob das nicht schon schlimm genug wäre, musste er auch noch dort *wohnen*, in einem roten Holzhäuschen oben auf der Anhöhe. Für niemanden besonders reizvoll außer für ihn, der sein Leben lang dort gewohnt hatte, bis zum heutigen Tag.

»Ich muss Börje Bolmgren auf meine Seite ziehen«, sagte Julia zu sich, ehe sie ihren Weg zur Arbeit durch den Park fortsetzte. »Und ich brauche Hilfe!«

Sie musste Herrn Dr. Kaltenbacher doch so viel mehr bieten. Zwar ging es hauptsächlich um das Gewerbegebiet: ihres in Halstaholm gegen das andere in Stockholm-Frihamnen. Da wusste Julia ja, dass ihr Angebot sich nicht hinter Stockholm zu verstecken brauchte. Wo noch dazu der Preis stimmte.

Und alles andere war eben ein Schönheitswettbewerb. Wenn Julia die Sekretärin in Hamburg richtig verstanden hatte, wollte der Juniorchef mit Familie nach Schweden ziehen. Wo es ihnen wohl am besten gefallen würde? Wer jemals ein ödes Halstaholm Ende Oktober erlebt hatte, würde sich mit der richtigen Antwort vielleicht etwas schwertun.

Kurz und gut, Julia brauchte zweierlei, bevor Familie Kaltenbacher eintraf: Das eine war ein Wunder; so etwas sollte es hin und wieder geben. Das andere eine Taskforce. Denn sie würde es nie schaffen, alle nötigen Strippen alleine zu ziehen. Und der Guppy bei ihr daheim war ja nun auch keine große Hilfe.

Auf halbem Weg durch den Park, tief in Gedanken zum Thema Wunder versunken, hatte sie das Pech, von einem einsamen Mann angesprochen zu werden, der dort mit sich selbst Boule spielte.

»Guten Morgen, Frau Bürgermeisterin. Wie wär's mit einer Partie?«

Anscheinend erkannte er sie. Zwar hatte die Regionalzeitung *Halsta Nytt* vor ein paar Tagen einen Artikel über sie gebracht, aber erstaunlich war es doch, dass das Blatt noch Leser hatte.

»Guten Morgen«, antwortete Julia. »Schön wär's, aber ich bin leider ein wenig beschäftigt.«

»Ich auch«, gab er zur Antwort. »Schrecklich wenig!«

O weh. Das hätte Julia ahnen können. Ein einsamer Boulespieler mittleren Alters mitten am Vormittag! Natürlich mitgerissen von der Flutwelle nach dem Reifenfabrik-Konkurs.

»Arbeitslos?«, erkundigte sie sich.

»Seit genau elf Jahren«, bekräftigte der Mann.

»Für eine Partie Boule ist immer Zeit«, sagte Julia und reckte sich nach der Kugel, die der Mann in der Hand hielt.

Sie betrat die Bahn, machte die kleine rote Kugel ausfindig, zielte – und warf drei Meter daneben.

»Hoffentlich bist du im Stadtretten besser als im Kugelwerfen«, sagte der Boulespieler.

»Das wird sich zeigen«, entgegnete Julia. »Ich versuche die Reifenfabrik wieder anzukurbeln.«

Sofort bereute sie, was ihr da rausgerutscht war. Der Deutsche konnte schließlich auf dem Absatz kehrtmachen. Da durfte sie vorher nicht zu viel ausplaudern – bloß keine falschen Hoffnungen wecken und hinterher dumm und mit leeren Händen dastehen.

»Hammer!«, sagte der Boulespieler und reichte ihr die Hand.

»Bosse!«, ergänzte er.

»Julia«, sagte Julia.

»Ich weiß«, antwortete Bosse. »Was die Fabrik angeht ... da war ich acht Jahre in der Qualitätssicherung. Glaubst du, die Stelle könnte wieder frei werden?«

Nachdem die Bürgermeisterin sowieso schon zu viel gesagt hatte, konnte sie auch damit weitermachen.

»Aber diesmal geht es nicht um Reifen, sondern um deutsche Betten.«

»*Traumbett!*«, sagte Bosse.

»Du liest die Zeitung«, sagte Julia.

»Wollen die nicht nach Frihamnen in Stockholm?«

»Oder nach Halstaholm«, sagte Julia.

»Betten müssen ja wohl auch qualitätsgeprüft werden, oder was meinst du?«, fragte Bosse.

Ohne Job und ausgebremst ... und doch sprühte er auf einmal nur so vor Energie.

Julia nickte und sagte, das höre sich für sie nach einer gemütlichen Arbeit an. Da fiel ihr ein: »Möchtest du vielleicht meiner Taskforce beitreten?«

Bosse bekam leuchtende Augen.

»Sehr gern!«, sagte er. »Wer gehört noch dazu?«

»Erst mal nur du und ich. Und es ist ehrenamtlich.«

Bosse warf die letzten beiden Kugeln aufs Geratewohl von sich weg. Beide landeten besser als die gezielt geworfene der Bürgermeisterin.

»Komm, wir gehen«, sagte er. »Es wird ja sicher eilig sein. Wann will sich der Deutsche entscheiden?«

Julia und Bosse gingen Seite an Seite weiter durch den Park. Die Bürgermeisterin war gerade dabei zu erzählen, dass *Traumbett* auf Exkursion unterwegs war, als ihr Gespräch von einer hohen verzweifelten Stimme unterbrochen wurde, die von der Spitze des Reifenstapels her, den *Halstadäck* seinerzeit als Klettergerüst für die Kinder gespendet hatte, nach ihnen rief.

»Hallo, ihr dort unten im Tal! Hier oben ist die Luft dünn, ich kann schlecht atmen, und es sind neunundzwanzig Grad minus! Hat vielleicht jemand Sauerstoff dabei?«

Julia wandte sich zuerst an Bosse: »Ich glaube, da sucht jemand Anschluss.« Dann an den Bergsteiger: »Wer ist so töricht, den Mount Everest ohne Sauerstoff zu besteigen? Und warum bist du eigentlich nicht in der Schule?«

Der Junge schwang sich rasch und geschickt an sämtlichen Reifen herab.

»Herbstferien. Mir ist so langweilig wie noch nie.«

Bosse sagte, das sei ihm bis vor Kurzem ebenso ergangen. »Und jetzt bin ich Qualitätsprüfer in der städtischen Taskforce. Wir bringen die Reifenfabrik wieder zum Laufen.«

»Die, die sie dichtgemacht haben, als ich noch im Bauch von meiner Mama war?«, sagte der Junge.

»Nur dass wir es jetzt mit deutschen Qualitätsbetten statt mit Reifen versuchen wollen«, fuhr Bosse fort.

»Was wir nicht unbedingt der *ganzen* Stadt erzählen müssen, bevor die Deutschen überhaupt hier waren und einen Blick drauf geworfen haben«, sagte Julia.

»*Aber wenn Sie die Deutschen für sich gewinnen wollen, können Sie mich vielleicht brauchen?*«, sagte der Knabe in fließendem Deutsch.

»Was hat er da gesagt?«, wollte Bosse wissen.

»Keine Ahnung«, sagte die Bürgermeisterin. »Wie alt bist du?«, fragte sie den Jungen.

»Zehn.«

»Fast hätte ich dich auf jünger geschätzt. Wie heißt du?«, fuhr Julia fort.

»Peter.«

»Deine Sprachkenntnisse qualifizieren dich trotz deines jungen Alters für unsere Taskforce. Interesse?«

»Und wie!«, sagte Peter. Erst auf Schwedisch, dann auf Deutsch.

Daraufhin stellte Julia die beiden neuen Taskforce-Mitglieder einander vor: »Das hier ist Bosse Boule. Und das ist Peter der Kleine. Gebt euch jetzt die Hand, dann gehen wir.«

Das Trio ging weiter Richtung Rathaus. Julia war erst mal zufrieden mit ihrem Vormittag, auch wenn das Problem mit den zweihundert Parkplätzen noch nicht gelöst war.

Während sie den Park hinter sich ließen und ins Zentrum von Halstaholm kamen, erklärte Peter ihnen, warum er fließend Deutsch sprach: »Meine Mama kommt aus Deutschland, und meine beiden Eltern haben sich auf einem Ärztekongress in Bonn kennengelernt. Keine Ahnung, was da genau passiert ist, aber am Ende ist es so ausgegangen, dass der Papa die Mama mit nach Schweden genommen hat. Kurz bevor die Fabrik zugemacht hat, haben sie sich gedacht, dass ich *an der frischen Luft* aufwachsen soll, und da sind sie aus Stockholm weg und hier rausgezogen.«

»Auf dem Gipfel des Mount Everest wird die Luft wohl frisch genug sein«, stellte Bosse Boule fest.

»Aber so schrecklich dünn«, wandte Peter der Kleine ein. »Jedenfalls glaube ich, dass sie es bereut haben. Sie müssen jeden Tag ins Karolinska-Krankenhaus nach Stockholm und zurück pendeln. Ich bin ziemlich viel allein zu Hause, aber das klappt gut. Außer in den Ferien.«

»Hast du keine Freunde?«, fragte Julia.

»O doch, drei beste Freunde!«, sagte Peter. »Zwei von denen wohnen jetzt in Stockholm, der dritte in Uppsala.«

Das Trio war fast am Rathaus angekommen. Sie ließen den geschlossenen Bild-und-Ton-Laden und die ebenso geschlossene Buchhandlung links liegen. Gerade als sie die noch nicht geschlossene Apotheke passierten, trat eine ältere Dame mit Rollator aus der Tür.

»Sieh an, die neue Frau Bürgermeisterin«, sagte die Dame. »Ich wusste ja gar nicht, dass Sie Familie haben!«

»Guten Morgen, Frau Johansson!«, sagte Julia. »Aber das mit der Familie können Sie vergessen. Ich bin immer noch unverheiratet. Wir kennen uns doch schon ewig, sagen Sie ruhig einfach Julia zu mir.«

»Unverheiratet?«, sagte Frau Johansson. »Aber du stehst doch mit Mann und Kind hier vor mir?«

»Bloß dass ich zum Glück schon mit meiner eigenen Frau verheiratet bin«, sagte Bosse Boule. »Und die arbeitet wie so ziemlich alle anderen auch in Stockholm.«

»Und ich bin der Sohn von meiner Mama und meinem Papa, und die Bürgermeisterin hier ist weder das eine noch das andere«, sagte Peter der Kleine.

»Da sieht man mal wieder«, sagte Frau Johansson kopfschüttelnd. »Aber du bist doch jung und hübsch, Julia. Noch besteht Hoffnung!«

»Erst einmal wollen wir die Reifenfabrik wieder zum Laufen bringen«, mischte sich Bosse Boule ein, woraus Julia schloss, dass er den Mund wirklich kein bisschen halten konnte.

»Da wird eine deutsche Bettenfabrik draus«, ergänzte Peter der Kleine, der offenbar keinen Deut besser war als sein Vorredner.

Da fiel Julia etwas ein: »Frau Johansson, kennen Sie nicht Börje Bolmgren, auf der Anhöhe hinter der Fabrik?«

»Der Lausebengel Bolmgren?«, sagte Frau Johansson. »Den hab ich oft am Ohr ziehen müssen, könnt ihr mir glauben!«

»Aber mittlerweile ist er gut über sechzig«, sagte Julia.

»Für mich bleibt er immer ein Zehnjähriger«, erwiderte Frau Johansson.

»Ein gutes Alter«, bekräftigte Peter der Kleine.

Als Julia Bäck kurz darauf das Rathaus betrat, konnte sie Harriet am Empfang ihre komplette Taskforce präsentieren.

»Das ging ja wie's Brezelbacken«, sagte das Mädchen für alles beeindruckt. »Willkommen alle miteinander. Hereinspaziert, ich bringe gleich Kaffee. Frau Johansson kann den Aufzug nehmen.«

»Gibt es auch Saft?«, fragte Peter der Kleine.

Arbeitsteilung

Nach einer erfolgreichen Erstversammlung bestellte die Bürgermeisterin ihre Taskforce in voller Stärke für zehn Uhr am nächsten Morgen ein. Alle erschienen pünktlich, einschließlich Harriet, die ein »Bin gleich zurück«-Schild an die Rathaustür gehängt hatte.

»Bloß um den Schein zu wahren«, erklärte sie. »Wir kriegen doch sowieso nie Besuch. Wer sich beschweren will, macht das heutzutage per E-Mail. Nicht so wie früher, als man sich noch richtig mit den Leuten fetzen konnte.«

Dann überlegte sie, was sie eigentlich mit *früher* gemeint hatte, und fügte mit einem Schulterzucken hinzu: »Obwohl, damals gab es gar nicht so viel Grund, sich mit irgendwem zu fetzen.«

Dann bekam jedes Mitglied der Taskforce seine Aufgabe. Frau Johansson sollte mit ihrem Rollator bis zu Bolmgren vordringen, um mit ihm zu verhandeln. Die Stadt brauchte sein Haus und Grundstück.

»Wann muss er ausziehen?«, wollte Frau Johansson wissen.

»Nicht vor morgen«, sagte Julia. »Allerspätestens Donnerstagvormittag.«

»Was kann ich ihm dafür anbieten? Nicht dass der Lümmel etwas verdient hätte, aber trotzdem.«

Und dann gab sie die Geschichte zum Besten, wie sie als junge Frau im Jugendfreizeitheim neben der Schule gearbeitet hatte. Dort hatte dieser Rotzlöffel Bolmgren herumgehangen, und er war der Schlimmste von allen gewesen.

»Der hat Radiergummis gestohlen, und zwar nicht zu knapp«, erzählte Frau Johansson. »Aber ich bin ihm auf die Schliche gekommen, und seitdem hat er Bammel vor mir.«

Julia gab zu, dass Radiergummidiebe zwar durchaus ihre Strafe verdienten, meinte aber, nach fünfundfünfzig Jahren solle die Taskforce es vielleicht besser vergessen und nach vorn schauen. Leider habe aber auch sie noch keine Ahnung, wo der Alte vom Berg hinkönne, wenn sie ihm sein Haus wegnahmen.

»Ich glaube, der hat sein ganzes Leben lang dort gewohnt«, sagte Frau Johansson. »Radiergummidieb hin oder her, dem wird die Vorstellung nicht gefallen, dass sein Elternhaus Parkplätzen weichen soll.«

»Jetzt reden Sie erst mal mit ihm, dann sehen wir weiter. Wir haben noch reichlich Zeit«, meinte Julia.

»Anderthalb Tage«, sagte Frau Johansson. »Alle Zeit der Welt.«

Anschließend verteilte Julia auch an die anderen Aufgaben. Erst an Harriet. Für sie hatte die Bürgermeisterin einen Spezialauftrag.

»Der Juniorchef kommt offenbar mit Familie«, erklärte Julia.

»In welchem Alter sind Frau und Kinder?«, fragte Harriet, die bereits ahnte, worauf ihre neue Chefin hinauswollte. »Und wie viele sind es?«

»Frau wird es wohl nur eine geben; wie viele Kinder und in welchem Alter die sind, weiß ich leider nicht.«

Harriet sagte, ein kleines Begrüßungsgeschenk für Frau Kaltenbacher könne nicht schaden. Mit den Kindern sei es schwieriger, solange sie nicht wüssten, ob diese fünf, fünfzehn oder fünfundzwanzig waren. Und dann auch noch Anzahl und Geschlecht unbekannt waren.

Da musste Julia ihr recht geben.

»Kaltenbacher selbst hört sich am Telefon nicht wie ein Oldtimer an. Seine Gattin wird so irgendwas zwischen vierzig und sechzig sein«, überlegte die Bürgermeisterin.

Harriet versprach, ihr Bestes zu tun. Sie hatte da schon etwas im Sinn, etwas mit femininem Touch. Leider lag das Harrod's ja nun in London und nicht in Halstaholm, aber *irgendwas* würde sich schon auftreiben lassen.

Dann fiel ihr noch ein, dass sie einmal in den Achtzigerjahren bei einer internationalen Wirtschaftskonferenz im Städtchen dabei gewesen war.

»Damals haben hier Fahnen aus aller Herren Länder geweht. Eine davon muss ja wohl die deutsche gewesen sein, nicht wahr? Bestimmt liegen die noch irgendwo rum und verstopfen die Rumpelkammer, soll ich suchen?«

Julia liebte ihre Empfangsdame! Harriet hatte das mit dem Schönheitswettbewerb wirklich *vollkommen* verstanden.

»Und was ist mit mir?«, fragte Peter der Kleine.

»Und mit mir?«, fiel Bosse Boule ein.

Beide wollten auch wichtige Aufgaben zugeteilt bekommen.

Julia überlegte.

Konrad Kaltenbacher leitete ein Multimilliarden-Euro-Unternehmen und wollte mit seiner Familie ins Ausland ziehen. Das Mindeste, was sie erwarten konnten, war ein vorzeigbares Dach über dem Kopf.

»Schließlich ist er ja Herr Doktor und so, nicht irgendein x-beliebiger Farbenhändler.«

»Mein Bruder ist Farbenhändler«, sagte Bosse Boule. »Er wohnt in einer Dreizimmerwohnung in Sundsvall und hat anscheinend nicht vor herzuziehen.«

»Das hat niemand vor«, sagte Frau Johansson.

Julia bat darum, nicht in ihren Gedankengängen unterbrochen zu werden. Sie befürchtete, dass sich der Juniorchef mit Anhang von den Luxusvillen auf Lidingö oder in Djursholm verleiten lassen könnte. Die auch noch in günstiger Entfernung zur Fabrik lagen. Also zu der in Stockholm.

»Vielleicht wird Bolmgrens Häuschen frei?«, überlegte Peter der Kleine laut. »Ich mein ja nur, von wegen kurzer Arbeitsweg.«

Weil Julia sich nicht sicher war, ob das eventuell ein Scherz sein sollte, antwortete sie in neutralem Ton: »Bolmgrens Hütte ist höchstens achtzig Quadratmeter groß, ziemlich baufällig und soll außerdem einem Parkplatz weichen.«

Tja, dann musste wohl ein Neubau her. Beispielsweise auf einem exklusiven Seegrundstück.

»Ich glaube kaum, dass der Bebauungsplan das erlaubt«, sagte Bosse Boule.

»Ich weiß, dass er es verbietet«, sagte Harriet.

Julia erinnerte sich, dass Halstaholm tatsächlich mal einen Stadtplaner angestellt hatte, der allerdings mit den meisten anderen im Zuge des letzten Sparpakets weggekürzt worden war.

»Alles, was früher geplant wurde, muss sich doch wohl umplanen lassen?«, sagte sie. »Sonst würde Deutschland ja immer noch aus lauter Kleinstaaten bestehen, und in

Schweden hätten wir noch Linksverkehr, um nur ein paar aktuelle Beispiele zu nennen.«

Bosse sagte, er würde gerne die Rolle des inoffiziellen Stadtplaners übernehmen, er habe nämlich vor Zeiten mal in der Schule eine Eins in Kunst gehabt und glaube, er könne gut Karten zeichnen. Freilich stünden die Chancen gleich null, dass alles in trockenen Tüchern wäre, bevor der Deutsche sich entschieden habe: »Neue Bebauungspläne werden doch immer ewig im Gemeinderat durchgekaut? Und dann wandern die Entwürfe ins Planfeststellungsverfahren zurück und von da wieder zur Abstimmung in den Rat und so weiter.«

»Dafür hätte ich nun eine Lösung«, wandte Harriet ein. »Vesna Slavic!«

Bei dem Namen wurde wiederum Frau Johansson hellhörig: »Entschuldigt, aber die Alte ist so gaga, dass wir uns genötigt sahen, sie aus dem Rentnerverein auszuschließen. Und das will was heißen!«

»Ich weiß«, sagte Harriet. »Genau darum geht's!«

Frau Slavic saß nämlich mit ihren neunzig Jahren seit Menschengedenken im Gemeinderat; niemand wusste mehr, seit wann genau, am allerwenigsten Frau Slavic selbst. Harriet deutete an, dass Torsten Blomqvist, Julias Vorgänger auf dem Bürgermeisterposten, sich das einmal zunutze gemacht habe, als die Zeit gedrängt hatte und er seinen Willen durchsetzen wollte. Ein Trick, der sich bestimmt wiederholen ließe!

»Erzähl mehr, liebe Harriet«, bat Julia neugierig.

Also, wenn Bosse sich etwas ranhielt, Halstaholm umzeichnete und die Skizze Harriet zuschob, konnte sie das Ergebnis als einen zwei, drei Jahre alten Vesna-Slavic-Antrag aus der Gemeinderatsgeschichte einschmuggeln.

49

»Bei eurer nächsten Ratsversammlung beziehst du dich einfach darauf, Julia, und sagst, dass der Beschluss längst überfällig ist. Vesna ist senil, die anderen sind müde – und der grässliche Hasse Eriksson ist ja neu. In dreißig Sekunden ist das durchgewunken!«

»Ich mach mich sofort ans Zeichnen!«, sagte Bosse voller Eifer. »Sechstausend-Quadratmeter-Seegrundstück, in Ordnung?«

»Und ich?«, fragte Peter der Kleine.

Julia überlegte.

»Mit etwas Glück haben wir die Fabrik, die Stellplätze, Platz zum Be- und Entladen und eine repräsentative Behausung«, zählte sie an einer Hand ab. »Bleibt nur noch, ganz Halstaholm aufzumöbeln. Und dann die Schule für die Kinder. Wie viele können Deutsch in der Halsta-Schule, Peter? Außer dir und dem Deutschlehrer?«

»Der Deutschlehrer hat letzten Sommer gekündigt. Seine Frau hat eine Stelle in Malmö gekriegt. Als Kuratorin oder so.«

Das war gar nicht gut. Die Konkurrenz in Stockholm hatte ja eine ganze deutsche Schule anzubieten. Noch dazu im repräsentativen Östermalm.

»Ich bin mir nicht sicher, ob ich weiß, was das Wort heißt, das du da gerade gesagt hast«, meinte Peter der Kleine. »Aber wir können doch genauso re-prä-sen-ta-tiv sein wie die in Stockholm?«

»Du meinst, eine deutsche Schule in Halstaholm gründen, ohne Lehrer, die Deutsch können?«, fragte Frau Johansson.

»Eine sehr gute Idee!«, sagte die Bürgermeisterin und klatschte in die Hände.

Die Direktorin der Halsta-Schule, Gunilla Malm, war schließlich eine waschechte Halstaholmerin mit dem Herzen auf dem rechten Fleck.

»Ich rede mit der Frau Direktor, dann sehen wir weiter«, sagte Peter der Kleine. »Dann kann ich ihr auch gleich erklären, warum ich mich nach den Ferien nicht wieder in der Schule habe blicken lassen, bevor sie meine Eltern anruft.«

Julia fand, das müsse fürs Erste reichen. Aber sie erinnerte Peter den Kleinen noch daran, dass sämtliche Informationen zu *Traumbett* bis auf Weiteres absolut konfidenziell zu behandeln waren.

»Also geheim, was?«, sagte Peter der Kleine, der keine Fremdwörter mochte.

Der Consultant, der verschlafen hatte

Kenneth Carlander wachte davon auf, dass der Wecker nicht klingelte. Er hatte am Vorabend mal wieder vergessen, ihn zu stellen, ihm war was dazwischengekommen. Aber irgendwas in seinem Unterbewusstsein brachte ihn trotzdem dazu, die Augen aufzuschlagen.

»Uhwähh!«, machte er.

Er setzte sich auf die Bettkante, um sich gedanklich zu sammeln. Was nur so halbwegs klappte.

Da entdeckte er einen halb ausgetrunkenen Whisky auf dem Nachttisch. Rasch schnappte er sich das Glas und kippte es.

»Schon besser!«, sagte er und schaute auf die Uhr.

Verflucht, jetzt war wirklich Eile geboten!

»Guten Morgen«, sagte da jemand hinter seinem Rücken.

Zwei Augen schauten auf der anderen Bettseite unter der Decke hervor.

Die hatte der Consultant ganz vergessen.

»Bist du noch da?«, sagte er.

»Ich glaube schon«, sagten die Augen.

»Kannst du das bitte schnellstmöglich ändern? Ich bin nämlich echt wichtig und habe einen wichtigen Termin, und deshalb ist es superwichtig, dass ich nicht zu spät komme.«

Das zu den Augen gehörende weibliche Wesen, wer auch immer es war, loszuwerden, kostete Kenneth ein paar zusätzliche Minuten, doch dann konnte er sich fix rasieren, die angefeuchteten Haare kämmen, sich etwas Zahnpasta in den Mund quetschen und in seinen Lieblings-Armani-Anzug steigen, in dem er sich nicht nur unschlagbar fühlte, sondern es auch war.

Schließlich exte er den Rotweinrest der Unbekannten, ehe er die Treppe hinabstürmte, um ein flüchtendes Taxi zu erhaschen. Das ging normalerweise am schnellsten.

Zu seinem Leidwesen kamen noch mal zehn Sekunden Verspätung obendrauf, weil die Alte von nebenan gerade mit ihrem Kack-Dackel die Treppe raufächzte.

»Scheiße, nimm gefälligst den Aufzug!«, fuhr er sie an, während sie sich die größte Mühe gab, dem Herrn Berater nicht im Weg zu sein. »Lahmarschige Weiber haben auf der Treppe nichts zu suchen!«

Im Nullkommanichts gelang es ihm, einen freien Wagen herbeizuwinken und auf den Rücksitz zu hüpfen.

»Zum Rathaus bitte! Ich hab's eilig!«

Der Fahrer erklärte, der Strandvägen sei dicht, weshalb er die Sturegatan via Karlavägen nehmen müsse.

»Egal, welche verdammte Strecke, Hauptsache, es geht flott!«

Der Mann am Steuer war um die sechzig und nicht erst seit gestern Taxifahrer: »In der Stockholmer Innenstadt geht es seit 1978 nicht mehr flott, aber ich will tun, was ich kann.«

Und natürlich floss der Verkehr zäh.

Als genügend Minuten nach neun Uhr vergangen waren, klingelte das Telefon des Consultants. Na klar, die verdammte Finanzsenatorin.

»Kenneth Carlander am Apparat, womit kann ich dienen?«

»Stell dich nicht dümmer, als du bist«, herrschte Ingela Franzén ihn an. »Ich sitze hier mit unserem Achthundert-Arbeitsplätze-Deutschen und warte. Wo um alles in der Welt steckst du?«

»Ich bin im Taxi, die reißen hier ja die ganze Stadt auf, der Fahrer musste einen Umweg über Helsingfors oder so nehmen. Bespaß du den Deutschen, es dauert nicht mehr lange.«

»Bespaßen? Womit denn? Soll ich ihm vielleicht was vorsingen?«

Die Finanzsenatorin hatte ihren Berater so satt wie noch nie. Außerdem sah sie sich genötigt, ihn in möglichst lieblichem Tonfall zu beschimpfen, damit Kaltenbacher nicht merkte, wie wütend sie war.

»Weiß ich doch nicht«, sagte Carlander. »Quatsch mit ihm über das Königshaus oder die Elchjagd oder sonst was. Die Deutschen lieben Elche.«

Der Tipp kam nicht gut an.

»Für mich gibt es nichts Schlimmeres als Elche, von dir abgesehen. Ich, die Stockholmer Finanzsenatorin, stehe wie eine Amateurin vor dem Mann da, der bereit ist, *Milliarden* in die Stadt zu investieren. *Du* hast versprochen, den Fisch an Land zu ziehen! Wo. Bist. Du?«

Kenneth blickte vom Display auf, um die Frage beantworten zu können, aber genau in dem Moment hielt der Fahrer an. »Dreihundert Kronen, bitte. Bar oder Karte?«

Der Consultant antwortete Ingela Franzén: »Ich bin da! Gib mir drei Minuten!«

Und drückte den Anruf weg.

Da man ihn im Hause kannte, konnte er am Empfang vorbei- und die Treppe raufsprinten. Im Flur verlor er vor dem Büro der Finanzsenatorin seine Aktentasche, als er zwei spielende Mädchen verscheuchen musste, die verschreckt zur Seite sprangen.

»Das ist kein Spielplatz hier, ihr elenden Kakerlaken«, fauchte Kenneth Carlander.

Und dann war der Consultant endlich da. Er klopfte hastig an und ging rein, ohne eine Antwort abzuwarten. Mit seinem schönsten Lächeln und in seinem besten Englisch sagte er: »Doktor Kaltenbacher, die Freude ist groß, dass wir uns endlich begegnen!«

Konrad Kaltenbacher ergriff die ausgestreckte Hand des Consultants und antwortete freundlich: »Ganz meinerseits.«

Kenneth Carlander hatte das Gefühl, sich entschuldigen zu müssen: »Was war das bloß für ein Morgen – na, Sie wissen schon. Erst hat sich mir zu Hause eine lahme Alte im Treppenhaus in den Weg gestellt, dann hab ich im Stau gesteckt ... und gerade sind mir hier draußen im Gang zwei Kakerlaken vor die Füße gelaufen. Dass die Leute ihre Blagen aber auch nicht im Griff haben!«

»Die Kakerlaken müssen dann wohl meine Töchter sein«, sagte Dr. Kaltenbacher. »Ich bedaure, wenn sie Sie belästigt haben. Wie geht es der alten Dame?«

»Wem?«

»Der in Ihrem Treppenhaus.«

»Ach so, die! Äh, ganz gut, nicht der Rede wert. Ihre Töchter? Entzückende Mädchen!«

Die Finanzsenatorin machte einen arg gequälten Eindruck, wie sie da auf ihrem Stuhl saß. Mit gezwungenem Lächeln sagte sie zu ihrem Berater, am besten setze er sich jetzt hin und versuche, sich wenigstens zehn Sekunden lang zu benehmen. Dann, zu Herrn Dr. Kaltenbacher, auf Englisch: »Das hier ist also mein Consultant Kenneth Carlander, der Mann, der dieses Geschäft möglich gemacht hat. Ich muss mich entschuldigen für sein ... nun ja, aber er ist eben ein Machertyp.«

»Verstehe«, sagte Dr. Kaltenbacher mit unergründlichem Lächeln. Dann zum Consultant: »Frau Franzén hat mir freundlicherweise versprochen, dass Sie mir das fragliche Fabrikgelände schon heute Vormittag zeigen können. Das wäre wirklich hervorragend, gerne umgehend. Meine Kakerlaken und ich wollen nämlich noch ins ABBA-Museum, ehe wir weitereilen müssen.«

Während die Finanzsenatorin immer noch unglücklich dreinschaute, wirkte ihr Consultant vollkommen unbeeindruckt.

»Na klar! Ich rufe sofort ein Taxi. In dieser Stadt fahren wirklich nur Idioten mit dem eigenen Wagen.«

Worauf Dr. Kaltenbacher erwiderte: »Dann lassen Sie mich gerne der Idiot sein. Mein Auto steht gleich hier draußen.«

Konrad Kaltenbacher hatte nur deshalb einen Parkplatz vor dem Rathaus gefunden, weil er als Nicht-Schwede keine Ahnung hatte, dass das eigentlich ein Ding der Unmöglichkeit war. In seiner Unwissenheit hatte er das Auto auf einem Platz für Motorräder abgestellt – als ob Ende Oktober davon welche in der schwedischen Hauptstadt in Umlauf wären. Was einen gelben Zettel unter dem einen Scheibenwischer zur Folge hatte. Der Consultant schnappte ihn sich rasch und steckte ihn ein.

»Was war das?«, erkundigte sich der Deutsche unschuldig.

»Nichts, was ich nicht hinbiegen könnte. Ich hab da so meine Kontakte«, sagte Kenneth Carlander.

Den Zwillingen Maren und Marie war es gar nicht wohl hinten auf dem Rücksitz. Sie erinnerten sich nur allzu gut an ihre erste Begegnung mit dem bösen Mann vorne neben Papa. Aber sie verstanden, dass es bei ihrem Vater um wichtige Geschäftsverhandlungen ging, und hatten nicht vor, ihm die Arbeit unnötig schwer zu machen.

Doch schließlich waren sie ja nun mal erst neun Jahre alt, und als die Gruppe in der riesengroßen, nahezu leeren Fabrikhalle in Frihamnen stand, begannen sie, das Echo zu testen:

»Hallo, hallo! HSV!«, rief Maren.

»Hallo, Heidi Klum!«, rief ihre Schwester.

Der Hall prallte von den Wänden ab.

Als Nächstes kamen die Mädchen auf die Idee, Bockspringen über den verlassenen Industriestaubsauger auf dem Boden zu veranstalten, während sich ihr Papa mit dem komischen Schweden unterhielt.

Das eine wie das andere machte Kenneth Carlander nervös. In schlechtem Schuldeutsch rief er den Mädchen zu, dass der Staubsauger ein teures Gerät sei und dass sie sich zusammenreißen sollten. Da er nicht wusste, was *Staubsauger* auf Deutsch heißt, kamen nicht allzu verständliche Sätze aus seinem Mund.

»Die Mädchen können Englisch, Herr Carlander«, sagte Konrad Kaltenbacher gelassen. »Ganz sicher bin ich mir nicht, aber wahrscheinlich würden sie sogar das Wort Kakerlake verstehen, wenn Sie darauf zurückgreifen möchten.«

Die Whisky- und Rotweindosis des Morgens verflüchtigte sich so langsam aus dem Blutkreislauf des Consultants. Die Situation wurde ihm unangenehm: »Ich hab nicht gemeint ... es ist nur so, dass diese Geräte teuer sind ... natürlich können die Mädchen ...«

Konrad Kaltenbacher lächelte.

»Ich bin äußerst zufrieden mit der Halle«, sagte er. »Würden Sie mir jetzt freundlicherweise die Stellplätze und die Garage zeigen sowie vielleicht meine Fragen nach Strom, Wasser et cetera beantworten?«

»Selbstverständlich!«, erwiderte der Consultant.

Das mit Strom und Wasser hatte er in der Eile ganz vergessen, aber das ließ sich ja immer noch über den Daumen peilen.

Als der Rundgang beendet war, bat Konrad Kaltenbacher die Mädchen, ins Auto zu hüpfen, während er sich ans Steuer setzte. Er schloss die Tür, öffnete das Fenster und erklärte dem davorstehenden Consultant, das Gebäude, die Lage und die Parkmöglichkeiten entsprächen genau seinen Erwartungen.

»Die Mädchen und ich haben eine nächste Reise hierher in etwa zwei Wochen geplant. Falls wir uns für Ihr Angebot entscheiden, müssen wir uns um Schule, Unterkunft und all so was kümmern.«

»Heißt das, dass wir in zwei Wochen den Vertrag abschließen können?«, sagte Kenneth Carlander und reichte dem Deutschen seine Visitenkarte.

»In erster Linie heißt das, dass Sie zwei Wochen Zeit haben, meine Fragen nach Strom, Wasser und den Kosten für Um- und Ausbauten zu beantworten. Ihre bisherigen Antworten waren etwas vage gehalten, meinen Sie nicht auch?«

Der Consultant verfluchte sich selbst dafür, dass er am Vorabend diese Tussi aufgerissen hatte, statt seine Arbeit zu machen, aber das konnte er der alten Franzén im Rathaus nicht so auf die Nase binden. Und dem Deutschen schon gleich gar nicht.

»Ich werde die Zahlen noch einmal gründlich durchgehen, versprochen, Herr Doktor Kaltenbacher«, sagte er. »Die Infos schicke ich Ihnen gerne direkt per Textnachricht zu. Sie haben ja meine Karte, aber ich Ihre wohl noch nicht?«

Konrad Kaltenbacher hatte nicht vor, mit dem schwedischen Consultant Textnachrichten auszutauschen.

»Nein, das nicht. Einen schönen Tag noch, Herr Carlander, ich freue mich auf unser nächstes Zusammentreffen.«

Damit schloss er das Fenster und rollte davon.

Der Consultant blieb mitten in einem gottverlassenen Gewerbegebiet am Rande von Stockholm zurück.

»Und wie komme ich jetzt von hier weg?«, rief er dem schwarzen Audi hinterher. »Scheißdeutscher!«

Ihm blieb nichts anderes übrig, als sich schon wieder ein Taxi zu rufen.

Der Tag vor dem Tag:
Halstaholm soll schöner werden!

Peter der Kleine fand die Direktorin Gunilla Malm genau da, wo er sie vermutet hatte: in ihrem Schulleiterinnenbüro.

»Peter!«, sagte sie. »Wie schön, dass du dich dazu durchgerungen hast, vorbeizuschauen, bevor ich Interpol auf dich angesetzt habe.«

In guter alter Halstaholm-Tradition duzten sich an der Schule alle, bis hinauf zur Rektorin.

Peter bedankte sich, dass sie seine Eltern nicht alarmiert hatte, um anschließend zu erklären, er sei in einer äußerst wichtigen Angelegenheit zur Schule gekommen.

»Doch nicht etwa zwecks Wissenserwerb?«, fragte Gunilla Malm verwundert.

»Etwas viel Wichtigeres«, versicherte ihr Peter. »Ich habe dir kontrafunktionelle Informationen zu überbringen.«

»Kontrafunktionell?«

»Das bedeutet geheim.«

»Du meinst konfidenziell.«

Peter zuckte mit den Schultern. Warum musste es Fremdwörter geben, wenn ja doch alle etwas bedeuteten, was sich viel einfacher sagen ließ? Er nahm sich vor, gleich auf den Punkt zu kommen, und schickte nur noch voraus: »Die konfidatellen Informationen dürfen diesen Raum nicht verlassen!«

»Oho«, machte die Rektorin. »Das hört sich nach was Ernstem an.«

Der Junge nickte und erzählte, dass er zur neuen Taskforce der Bürgermeisterin gehöre. Schon am nächsten Tag werde ein deutscher Unternehmer, dessen Multimilliarden-Firma Betten herstellte, in Halstaholm erwartet, um sich die alte Reifenfabrik anzusehen.

»*Traumbett?*«, fragte die Rektorin.

»Woher hast du das gewusst?«, sagte Peter der Kleine.

»Es gibt nicht so viele bettenherstellende deutsche Großkonzerne zur Auswahl. Außerdem habe ich gelesen, dass sie eine Niederlassung in Stockholm planen.«

»Aber wir haben uns gedacht, besser in Halstaholm«, sagte Peter.

»Das wäre ja fantastisch!«, rief die Rektorin aus. »In der alten Reifenfabrik?«

Beflügelt von den kontrafunktionellen und konfidatellen Informationen, sprang sie auf, trat ans große Fenster ihres Schulleiterinnenbüros und ließ den Blick über den Park und – im Geiste – bis zum *Halstadäck*-Werksgelände dahinter schweifen.

»In diesem Städtchen bin ich geboren, Peter«, schwärmte sie melancholisch. »Dort unten im Park habe ich meinen ersten Kuss bekommen ...«

»Also wirklich, Rektorin Gunilla«, sagte Peter. »Das will ich eigentlich gar nicht so genau wissen!«

Gunilla Malm wandte sich lächelnd zu ihm um.

»Verzeih«, sagte sie. »Ich wollte nur sagen: Ich will alles in meiner Macht Stehende dazu beitragen, dass *Traumbett* sich für uns entscheidet und unser Halstaholm rettet.«

Dann fing sie sich wieder.

»Hast du eigentlich gerade gesagt, du gehörst einer städ-

tischen Taskforce an? Du weißt schon, dass du ein Kind bist,
oder?«

Peter winkte ab. Jetzt war nicht die Zeit, sich in Details
zu verlieren.

»Ich komme im Auftrag der Bürgermeisterin persönlich!
Wir müssen eine deutsche Schule gründen!«

Die Rektorin wusste selbst nicht, was sie erwartet hatte,
aber das mit Sicherheit nicht! Erstens konnte man Schu-
len nicht nach Belieben aufmachen und schließen. Da gab
es sowohl Schulinspektionen als auch eine Schulaufsichts-
behörde ... und schließlich musste der Gemeinderat einen
diesbezüglichen Beschluss fassen.

»Das ist kein Problem: Vesna Slavic kann es hinkriegen,
dass es so aussieht, als ob der Gemeinderat das schon vor
einem Jahr beschlossen hätte«, sagte Peter.

»Wer?«, fragte Gunilla Malm, ohne die Antwort abzuwarten. Sie sah noch mehr Hindernisse vor sich als die reine Zu-
lassungsfrage.

»Zweitens habe ich keine einzige Lehrkraft für Deutsch.«

»Da hab ich eine Idee«, sagte Peter der Kleine.

* * *

Weil es zu regnen angefangen hatte, schaffte Frau Johansson
nicht den ganzen Weg zu Bolmgren auf der Anhöhe, jedenfalls nicht ohne Schirm. Den sie nicht halten konnte, weil sie
die Rollatorgriffe in beide Hände nehmen musste.

»Ich komme mit«, bot Julia an.

»Aber halte dich ja im Hintergrund«, sagte Frau Johansson. »Ich weiß am besten, wie man mit dem Lümmel um-
springt.«

Während sich die alte Dame und die junge Bürgermeisterin auf den Weg machten, breitete Bosse Boule einen großen Stadtplan auf Julias Schreibtisch aus. Er konzentrierte sich auf das Stück Land am See und begann, Änderungen und Ergänzungen einzuzeichnen.

»Zufahrtsstraße hier ... Anschluss an das kommunale Wasser- und Abwassersystem hier ...«

Er zog munter Striche und kreise ein. Blieb noch, den Boden in ein paar Baugrundstücke zu unterteilen. Für den Anfang konnten acht reichen, später mussten sie den Plan dann eben ergänzen, wenn die Leute wieder zuzogen.

Das Grundstück in direkter Lage am Halsta-See geriet ihm am größten von allen. Zufrieden schaute Bosse Boule auf sein Werk: »Wenn meine Berechnung stimmt, kriegen Sie einen Eins-a-Sonnenuntergangsblick über den See, Herr Doktor Kaltenbacher. Wie meinen? Einen eigenen privaten Bootssteg? Hm, das verstößt zwar eigentlich gegen die Vorschriften, aber ich will sehen, was sich machen lässt.«

Sprach's und zeichnete einen ein.

* * *

Frau Johansson klopfte mithilfe der Greifzange, die sie stets bei sich führte, energisch an Börje Bolmgrens Tür.

»Wer ist da?«, ertönte eine griesgrämige und nicht mehr ganz junge Stimme dahinter. »Ich brauche nichts.«

»Von wegen!«, schimpfte Frau Johansson. »Du brauchst eine tüchtige Tracht Prügel für all die vielen Radiergummis, die du aus dem Jugendzentrum geklaut hast! Wenn du sofort aufmachst, kommst du vielleicht noch mal mit heiler Haut davon!«

»Frau Johansson?«, fragte die Stimme, im Nu kleinlaut geworden. »Aber bitte, liebe Frau Johansson, das ist doch jetzt fünfzig Jahre her ...«

»Fünfundfünfzig. Mach auf, hab ich gesagt!«

Der alte Bolmgren wagte keinen Widerstand.

Julia stellte sich vor: »Guten Tag, Herr Bolmgren. Ich bin die neue Bürgermeisterin Julia Bäck. Wenn ich es recht verstehe, hatten Sie und Frau Johansson schon das Vergnügen. Hätten Sie vielleicht ein Tässchen Kaffee für uns? Wir haben das eine oder andere zu besprechen.«

Bolmgren ließ die beiden Frauen an sich vorbei.

»Geht es um die Radiergummis?«, rief er ihnen sorgenvoll nach.

»Stell dich nicht dümmer, als du bist«, sagte Frau Johansson. »Setz lieber Kaffee auf.«

* * *

Die Rektorin Gunilla betrat das Lehrerzimmer. Da saßen sie alle beisammen, mit ihren Brotdosen.

»Schmeckt's?«, fragte sie in die Gruppe.

»Ja danke«, sagte Herr Hedlund, bemüht, aktuelle, sachliche Informationen beizusteuern. »Wir sind zwar etwas in der Unterzahl, seit der Deutschlehrer nach Malmö gezogen ist, aber ich glaube, wir kriegen den Unterrichtsplan jetzt auch so abgedeckt.«

»Apropos Deutschunterricht«, sagte Gunilla Malm. »Das hier ist Peter Bengtsson aus der 4c. Na, den kennt ihr ja sicher alle?«

Die Lehrkräfte nickten.

»Möchtest du übernehmen, Peter?«, fragte die Rektorin.

»Gern«, sagte Peter und trat zwei Schritte vor. »Erst müsste ich wissen, wer von euch in der Oberstufe Deutsch hatte.«

Drei Männer und eine Frau meldeten sich zaghaft. Peter nickte: »Herr Hedlund, Herr Almqvist, Frau Bergman und Herr Skoogh. Das muss reichen.«

»Aber ich kann mich an nichts mehr erinnern«, sagte Frau Bergman, die Älteste der vier. »Es ist doch schon so lange her. Darf man erfahren, worum es eigentlich geht?«

»Darum, dass wir zum neuen Schuljahr im Herbst eine deutsche Schule eröffnen werden. Ihr habt neun Monate Zeit, die schönste Sprache der Welt fließend zu beherrschen.«

Die vier Hoffnungsträger reagierten ebenso entsetzt wie der Rest des Kollegiums.

»Und wer wird uns Deutsch beibringen?«, wollte Herr Almqvist wissen.

»Ich«, sagte Peter der Kleine. »Zweimal die Woche zwei Stunden, regelmäßig mit verpflichtenden Hausaufgaben. Und ich dulde kein Kaugummikauen im Unterricht und absolut keine Handys.«

Rektorin Gunilla bedachte ihr Kollegium und den Zehnjährigen an ihrer Seite mit einem freundlichen Lächeln, ehe sie hinzufügte: »Die Informationen, die ihr da gerade erhalten habt, sind streng geheim. Wenn du nicht noch mehr auf dem Herzen hast, Peter, überlassen wir die Kollegen jetzt vielleicht am besten ihrer Mittagspause. Möglicherweise hast du ihre Zeitplanung gerade etwas durcheinandergebracht.«

»Das wäre erst einmal alles«, sagte Peter.

Aber Herr Almqvist wollte ebenso wie seine Schicksalsgenossen mehr wissen.

»Darf man erfahren, warum?«, hakte er nach.

»Ja, darf man«, sagte Peter. »Aber noch nicht jetzt. Zurzeit muss es noch konfidental bleiben.«

»Das heißt geheim«, erklärte Rektorin Gunilla, mittlerweile vollkommen hin und weg von der Möglichkeit, die Stadt zu retten. »Komm, Peter, ich hab eine Idee. Ich glaube, ich weiß jetzt, wie ich Günter Grass endlich loswerden kann.«

* * *

Börje Bolmgren saß mit seinem Kaffee am Küchentisch. Frau Johansson hockte ihm gegenüber auf ihrem Rollator. Die Bürgermeisterin wanderte rastlos in der Küche umher.

»Fünfhunderttausend für Haus und Grundstück ... Ja, das scheint mir eigentlich ein fairer Preis«, überlegte Bolmgren. »Nur: Wo soll ich hinziehen?«

»In Halstaholm fehlt es bald an so ziemlich allem«, sagte Frau Johansson. »Nur nicht an freien Wohnungen.«

Aber der Alte war doch sehr traurig.

»Ich weiß ja, dass das hier die reinste Bruchbude ist, aber es ist *meine* Bruchbude, in der ich mein Leben lang gewohnt hab. Ich würde mich nie wohlfühlen in ...«

Da wurde er mitten im Satz unterbrochen. Julia hatte ein Foto an der Küchenwand entdeckt. Es hatte schon bessere Tage gesehen, denn der Mann mit Kochmütze auf dem Bild war eine wesentlich jüngere Ausgabe des Alten am Küchentisch.

»Warst du mal Koch?«, fragte die Bürgermeisterin.

Bolmgren hob den Blick von der Tischplatte.

»Chefkoch«, sagte er. »Du bist sicher zu jung, um dich daran zu erinnern. Ich hatte den *Halsta Husman* unten am Kreisverkehr. Jeden Freitag und Samstag ausgebucht. Hering mit Kartoffelpüree und ein Glas Roten zu neunundneunzig

Kronen. Fleischklößchen, Kartoffeln, Preiselbeeren und ein großes Bier, auch zu neunundneunzig.«

»Klingt lecker«, sagte Julia, während eine Idee in ihr heranreifte.

Bolmgren fuhr fort: »Dann hat die Reifenfabrik zugemacht. In der ersten Woche hab ich einen neuen Umsatzrekord eingefahren, weil alle neuen Arbeitslosen kamen, um ihren Kummer zu ertränken. Aber als sie dann ausgenüchtert waren, kamen sie nicht wieder, weil sie sich das nicht mehr leisten konnten.«

»Fehlen dir deine Jahre als Koch?«, fragte Julia – Schritt eins ihrer gerade ausgereiften Idee.

Sie kehrte an den Küchentisch zurück und setzte sich.

»Chefkoch.« Darauf bestand Bolmgren. »Ich glaube, ich war gar nicht so übel, als das Restaurant noch gut lief.«

»Kriegst du Wiener Schnitzel und all so was hin?«

»All so was?«

»Na ja, halt so deutsches Essen.«

»Wiener Schnitzel ist doch wohl österreichisch?«

»Dann streich eben das ›Wiener‹. Kannst du Schnitzel und all so was?«

»Na und ob!«

* * *

Rektorin Gunilla hatte seit Ewigkeiten eine Günter-Grass-Büste daheim im Wohnzimmer stehen. Es war ein Hochzeitsgeschenk ihres Mannes zur Erinnerung an ihre erste Begegnung im Buchclub einer gemeinsamen Freundin, wo sie festgestellt hatten, wie sehr sie beide *Die Blechtrommel* liebten: nämlich so sehr, dass es nicht lange dauerte, bis sie sich auch gegenseitig liebten.

Seither stand Günter auf seinem Sockel bei ihnen herum. Gunilla wäre ihn schon längst gern losgeworden, denn der Deutsche sah nicht besonders gut gelaunt aus. Doch dazu war es nie gekommen; sie wollte ihrem Mann ja keinen Kummer machen.

Aber jetzt, da die Zukunft ganz Halstaholms auf dem Spiel stand, mussten alle einen Beitrag leisten. Und wenn es sich dabei um den grimmigen Günter handelte.

Die Direktorin und ihr Schüler waren schon an der Stadtbücherei angekommen, mit der Günter-Grass-Büste in einer Schubkarre, die Gunilla schob, während Peter einen Regenschirm drüber hielt. In der Tür begegnete ihnen die Bibliothekarin.

»Tagchen, Schwesterherz!«, sagte Gunilla und setzte die Karre ab. »Das hier ist Peter vom Gemeinderat, und der da heißt Günter, du kennst ihn ja.«

Die Bibliothekarin, zufällig auch die kleine Schwester der Direktorin, war teilweise schon über die Vorgänge in Kenntnis gesetzt worden. Doch sie wunderte sich, wie ihr der Zehnjährige vorgestellt worden war.

»Peter vom Gemeinderat?«, fragte sie.

»Ich bin Teil der städtischen Taskforce, wenn ich nicht gerade Lehrern Deutsch beibringe«, antwortete Peter der Kleine.

»Verstehe«, sagte die Bibliothekarin lächelnd. In diesen seltsamen Zeiten war das, was sie soeben gehört hatte, wohl auch nicht seltsamer als alles andere. »Ich glaube, wir stellen Günter irgendwo hier auf, da sieht man ihn gut von der Straße aus. Was meint ihr, ob ich das große Fenster auch in deutschen Farben schmücke? Und alles ausstelle, was ich auf Deutsch so habe. Manchmal machen wir ja was mit Themen. Da wären jetzt vielleicht mal *Deutsche Wochen* angesagt?«

In dem Moment kamen Frau Johansson, Julia Bäck und der alte Bolmgren auf dem Weg zum Rathaus bei ihnen vorbei.

»Grüß euch«, sagte Julia. »Wer ist das da?«

»Der heißt Günter«, sagte Peter. »Ein Deutscher, der wohl den Literaturnobelpreis gekriegt haben soll.«

»Genial!«, rief die Bürgermeisterin aus.

»Wir planen auch *Deutsche Wochen*«, ergänzte die Bibliothekarin.

»Meinst du, du kannst bis morgen Mittag mit dem Planen fertig sein?«

* * *

Julia Bäck, Frau Johansson, der alte Bolmgren und Peter der Kleine gingen (beziehungsweise schoben) ins Rathaus. Harriet saß strickend hinter ihrem Empfangstresen und freute sich über Gesellschaft.

»Willkommen alle miteinander!«, sagte sie. »Ach, und auch der Börje Bolmgren, lange nicht gesehen!«

Bolmgren meinte, sich zu erinnern, seine letzte Begegnung mit Harriet sei in der Abschlussklasse gewesen, als sie ihm beim Schultanz einen Korb gegeben habe.

»Ach je!«, sagte Harriet. »Wahrscheinlich hatte ich da eine Blase am Fuß oder so was. Jetzt, ein halbes Jahrhundert später, ist die Erinnerung etwas verblasst.«

»Oder vielleicht wolltest du auch einfach nicht mit Halunken tanzen?«, spekulierte Frau Johansson.

»Ein einziges Mal ein Radiergummi!«, protestierte Bolmgren.

»Mindestens fünf«, widersprach Frau Johansson.

Die Bürgermeisterin setzte dem Schlagabtausch ein Ende: »Bolmgrens kriminelle Vergangenheit lassen wir jetzt ein für alle Mal hinter uns! Es ist nämlich so, dass er seine Arbeit als Koch wieder aufnehmen will, mit unserer städtischen Unterstützung.«

»Chefkoch«, sagte Bolmgren.

»Und?«, sagte Harriet.

»Er wird eine deutsche Bierstube in einer geeigneten städtischen Liegenschaft eröffnen. Vorerst wird er auch in dem Gebäude wohnen, was zwar garantiert gegen das eine oder andere Gesetz oder irgendwelche Verordnungen verstößt, aber damit können wir uns momentan nicht aufhalten.«

Harriet nickte und verstand. Sie würden also Bolmgrens Haus und Grundstück gegen eine Immobilie im Stadtzentrum tauschen, wo er zu seiner alten Berufung zurückkehren konnte. Das Problem war nur, dass die Stadt nicht mehr allzu viele Immobilien behalten hatte.

»Dein Vorgänger Torsten hat den Haushalt in den letzten Jahren einigermaßen konsolidiert, indem er das meiste verkauft hat. Natürlich haben wir ja noch die Stadtbücherei ...«

»Die dürfen wir nicht antasten«, sagte Peter der Kleine. »Dort gibt es ab morgen *Deutsche Wochen.*«

»Was noch?«, überlegte Harriet laut. »Sicher, das geschlossene Hallenbad, das der grässliche Hasse Eriksson unbedingt zu neuem Leben erwecken will.«

Hallenbad hörte sich gut an, fand Bolmgren. In perfekter Lage an der Hauptstraße, nahm es jeden in Empfang, der aus Richtung Stockholm ankam. Natürlich müsste sein Innenleben etwas umgebaut werden. Aber der Ex-Radiergummidieb konnte sich durchaus etwas auf sein handwerkliches Geschick einbilden.

»Dann ist das beschlossene Sache!«, sagte die Bürgermeisterin beherzt. »Kannst du den Kaufvertrag aufsetzen, Harriet?«

Die Empfangsdame wollte keine Spielverderberin sein, aber ob Julia wirklich einfach so städtische Immobilien verkaufen könne? Und noch dazu andere kaufen?

»Hast du dir die Sache gründlich überlegt, meine Liebe?«, hakte sie nach.

»Nein«, sagte Julia. »Wann hätte ich dazu kommen sollen?«

Also bot sie Bolmgren kurzerhand zwei Millionen für seine Bruchbude auf der Anhöhe mit dazugehörigem Grundstück. Eine nicht unwesentliche Erhöhung des ersten Angebots. Aber im Gegenzug verlangte sie genau den gleichen Betrag für das Hallenbad.

Bolmgren nickte. Das Hallenbad war ja groß, darin würde er bestimmt auch für sich genügend Platz zum Wohnen finden. Etwa in der Herrenumkleide.

»Eine Dusche müsste es da jedenfalls geben«, sagte er.

Doch dann fiel ihm ein, dass er das nötige Kleingeld für den Umbau und die neue Küche mit allem Drum und Dran brauchte. »Dann lege ich noch mal fünfhunderttausend obendrauf für deinen Rasenmäher«, sagte Julia.

»Der ist dreißig Jahre alt«, wandte Bolmgren ein.

»Antiquitäten haben ihren Preis«, sagte Frau Johansson.

Julia verlangte allerdings eine sofortige Gegenleistung: »Vor allem anderen musst du ein großes Schild an der Fassade anbringen. Das soll das Erste sein, was dem Deutschen ins Auge fällt, wenn er morgen ankommt.«

»Dann brauche ich aber einen Namen für mein Restaurant«, sagte Bolmgren.

»Nicht Restaurant«, sagte Julia. »Bierstube!«

»Was heißt *Hallenbad* auf Deutsch?«, erkundigte sich Frau Johansson.

»Hallenbad«, sagte Peter der Kleine, »nicht wie auf

Schwedisch *badhus,* das heißt auf Deutsch nämlich *Bade-haus.*«

»Ich hab's: *Bierstube Badehaus*!«, rief Bolmgren strahlend aus.

In dem Moment kam Bosse Boule die Treppe aus dem ersten Stock herunter. In der Hand hielt er eine große Papier-rolle.

»Hallo, ihr!«, rief er. »Jetzt habe ich ganz Halstaholm um-gebaut.«

Hoher Besuch aus Deutschland

Julia, Peter der Kleine, Frau Johansson und Bosse Boule standen erwartungsvoll aufgereiht vor der stillgelegten Reifenfabrik. Peter berichtete den anderen, er habe die Direktorin überredet, die Klassen 4 bis 6 zu Ehren des Tages vom Unterricht freizustellen, sodass er ein deutsch-schwedisches Fußballspiel auf dem Rasen neben der Schule hatte organisieren können.

Julia hätte gerne mehr erfahren, aber dafür reichte die Zeit nicht.

»Wo bleibt sie nur?«, fragte sie und blickte sich ungeduldig um.

»Da!«, sagte Bosse.

Harriet kam auf dem Fahrrad so schnell angerast, wie sie nur konnte. Im Fahrradkorb hatte sie ein hübsch verpacktes Geschenk und auf dem Gepäckträger eine zusammengerollte Fahne.

»Bitte entschuldigt die Verspätung, aber in der Rumpelkammer gab es so furchtbar viele Fahnen, fast hätte ich mir aus Versehen die belgische gegriffen. Aber jetzt müsste es stimmen.«

Sie reichte Bosse Boule das Stück Stoff, der losrannte, um es an der Fahnenstange hochzuziehen. Der Deutsche war jetzt bestimmt nur noch maximal zwanzig Minuten entfernt.

»Und hier ist das Geschenk für die Frau Gemahlin«, fuhr Harriet fort.

»Was für eine Gemahlin?«, hakte Peter nach.

»Frau Kaltenbacher«, erklärte Julia. »Leider wissen wir nicht, wie alt sie wohl ist.« Und an ihre Assistentin gewandt: »Was kriegt sie denn nun?«

»Das Angebot hier in der Stadt ist überschaubar«, schickte Harriet entschuldigend voraus. »Aber ich hab jedenfalls eine sündhaft teure Gesichtscreme aufgetrieben. Die soll sie schon gleich bei der ersten Anwendung um zehn Jahre jünger machen.«

Julia nickte anerkennend. Bestimmt nicht verkehrt.

»So, aber jetzt scheint es mir am besten, wenn ihr alle Mann verschwindet und ich die Familie Kaltenbacher allein in Empfang nehme.« Und zu Bosse Boule: »Wir beide bleiben per Telefon in Kontakt.«

Bosse und die anderen nickten. Frau Johansson verkündete, dass sie noch am Morgen dem Rentnerverein einen Spezialauftrag verpasst habe und jetzt kontrollieren müsse, ob die anderen die Arbeit auch ordentlich ausgeführt hätten.

»Was für eine Arbeit?«, erkundigte sich die Bürgermeisterin.

»Ach, nichts Besonderes. Wir möbeln nur ein bisschen den Kreisverkehr auf.«

»Ich halte mich dann mit der Fernbedienung bereit«, sagte Bosse Boule. »Und warte auf grünes Licht von dir, Julia.«

»Was habt ihr vor?«, fragte Frau Johansson.

»Ach, auch nichts Besonderes«, sagte die junge Bürgermeisterin.

* * *

Konrad Kaltenbacher war guter Laune. Tags zuvor hatte er eine perfekte Immobilie für den geplanten Skandinavien-Feldzug der Firma *Traumbett* besichtigt. Alles erstklassig, außer vielleicht der Empfang durch diesen Consultant, der einen chaotischen Eindruck machte. Es war schon fast peinlich gewesen, mit anzusehen, wie er die Finanzsenatorin mit seinem Verhalten zum Fremdschämen brachte. Und dann hatte er es auch noch geschafft, gemein zu den Mädchen zu sein.

Aber der Charme des Vermittlers war ja nun aufs Ganze gesehen kein Kriterium. Konrad hielt sich selbst zugute, nicht derart unprofessionell zu sein.

Seine gute Laune kam auch von der kurvenreichen Landstraße auf dem Weg ins abgelegene Halstaholm. Es machte so viel Spaß, darauf zu fahren. Noch dazu gesäumt von Äckern und von Bäumen in leuchtend herbstlichen Gelb- und Rottönen. Und dazu schien die Sonne!

Doch am allerbesten war, dass Maren und Marie auf dem Rücksitz richtig viel Spaß hatten und sich ihre Lebensfreude auf ihn übertrug. Gerade sangen sie zu Abba Karaoke. Schwedische Musik fühlte sich in Schweden noch mal besser an. Erstaunlich, dass diese Popgruppe immer wieder neue Generationen ansprach. Das Abba-Museum tags zuvor war sogar ein Vorschlag der Mädchen gewesen.

Laut Navi würden sie Halstaholm und die stillgelegte Reifenfabrik um vierzehn Uhr achtundfünfzig erreichen. Besser, er drosselte das Tempo ein wenig. Die Schweden hatten ja mit ihm gemeinsam, dass Punkt fünfzehn Uhr Punkt fünfzehn Uhr bedeutete. Also die Schweden im Allgemeinen, ausgenommen dieser Consultant Carlander am Vortag. War es Einbildung, oder hatte der bei seiner Ankunft nicht sogar eine Alkoholfahne gehabt?

Offenbar hatten sie jetzt ihr Ziel erreicht. Ein blaues Schild mit weißen Buchstaben verkündete: *Halstaholm*. Aber was war das?

Konrad nahm noch etwas Tempo raus.

Unter das Ortsschild hatte jemand ein anderes, blau gestrichenes Sperrholzschild gehängt, auf dem in schönen, wenn auch handschriftlichen Buchstaben stand:

Willkommen! Auf Deutsch!

Konrad Kaltenbacher lächelte.

»Guckt mal, Mädchen, Julia Bäck nimmt uns in unserer eigenen Sprache in Empfang! Hübsch, nicht?«

Die Mädchen stellten *The Winner Takes It All* ab und schauten aus der getönten Fensterscheibe. Sie entdeckten noch, was ihr Papa gesehen hatte, und lachten anerkennend.

Da fiel Papa Konrad schon etwas anderes ins Auge: *Bierstube Badehaus – demnächst Eröffnung!* Auch auf Deutsch!

»Du liebst doch Bier, Papa!«, jubelte Maren.

»Düsseldorfer Altbier«, konnte Marie genauer eingrenzen.

Konrad schmunzelte. Die Mädels wussten Bescheid!

»Was ist das da?«, fragte Maren.

Sie hatte eine Büste mit einem Opa entdeckt, aber vor allem das in Schwarz, Rot und Gold dekorierte Schaufenster dahinter. Mit jeder Menge Büchern. Und noch einem Spruchband auf Deutsch: *Deutsche Wochen!*

Konrad Kaltenbacher runzelte die Stirn.

»Jetzt gehst du aber doch etwas zu weit, Julia Bäck«, sagte er zu sich selbst.

Da kam er auch schon zum ersten und einzigen Kreisverkehr des Städtchens. In der Mitte prangte ein Blumenmeer in den deutschen Farben! Doch das war es nicht, was Konrad zu einer Ehrenrunde einmal um den Platz bewegte. Hatte er sich wirklich nicht verguckt?

Nein! Der Verkehrsknotenpunkt trug einen Namen: *Angela-Merkel-Rondell*. Natürlich auf Deutsch.

Konrad Kaltenbacher fuhr weiter, und tatsächlich wären sie um Punkt fünfzehn Uhr an der Reifenfabrik angekommen, wenn die Mädchen vom Rücksitz nicht genau in dem Moment »Papa, da!« gerufen hätten. Direkt neben der städtischen Schule lag ein Fußballfeld an der Hauptstraße, auf dem ein Spiel zwischen Mädchen und Jungen im Alter von Maren und Marie ausgetragen wurde. Mit etwa fünfzig Kindern im Publikum.

Das eine Team trug Schwarz und Weiß mit Klebebandstreifen in Schwarz, Rot, Gold auf der Brust. Das andere Gelb und Blau. Eine riesige Pinnwand aus Sperrholz zeigte an, wer gegen wen auf dem Platz stand, und dazu den aktuellen Spielstand. Natürlich auf Deutsch:

Schweden – Deutschland 4:4.

Exakt nach Peters Anweisungen pfiff der Schiedsrichter das Spiel just in dem Moment ab, als das Auto mit dem deutschen Nummernschild vorbeikam. Die Deutschen und Schweden auf dem Platz umarmten sich.

»Wie cool, Papa!«, sagte Maren.

»Aber echt«, sagte Marie.

Komplett übergeschnappt, dachte Papa Konrad.

Zwei Minuten später waren sie da. Fünfzehn Uhr zwei. Konrad Kaltenbacher erblickte eine einsame Frau vor etwas, das nach dem Haupteingang der stillgelegten Reifenfabrik aussah. Julia Bäck natürlich. Jünger, als er sie sich vorgestellt hatte. Hübsch. Und elegant gekleidet. Sie hielt etwas in der einen Hand, und mit der anderen wies sie den Fahrer lächelnd darauf hin, was für eine Fahne da neben ihr im Wind wehte.

Konrad Kaltenbacher stieg aus und trat auf die Bürgermeisterin zu. Natürlich entschuldigte er sich zunächst einmal für die Verspätung.

Julia gab ihm die Hand und sagte: »Herr Doktor Konrad Kaltenbacher, nehme ich an? Sie sind jünger, als ich gedacht hätte.«

Der deutsche Juniorchef lächelte.

»Julia *Überraschungsangriff* Bäck? Sie auch, wenn Sie gestatten.«

»Ich bedaure, dass die Bierstube noch nicht eröffnet ist«, fuhr die Bürgermeisterin fort.

»Wir haben uns auch so bis über beide Ohren wie zu Hause gefühlt«, sagte Konrad Kaltenbacher.

Julia Bäck machte es ihm schwerer, »danke, aber nein danke« zu sagen und wieder wegzufahren, als er sich das vorgestellt hatte. Doch was sein musste, musste sein.

Da gingen die beiden Hintertüren des schwarzen Audi auf. Julia, die zuerst Maren zu Gesicht bekam, geriet ganz aus dem Häuschen.

»Nein, hat man so was Süßes schon gesehen!«, rief sie aus.

Da schloss Marie an die Seite ihrer Schwester auf.

»Und da ist ja noch eine! Die genau gleich aussieht! O mein Gott, ich glaube, ich fall gleich um!«

Die Mädchen lächelten schüchtern. Ihr Vater merkte, dass Julia Bäck aufrichtig entzückt war – es handelte sich nicht bloß um einen weiteren Bestandteil ihrer restlichen Charmeoffensive.

Die Bürgermeisterin hielt immer noch ein Geschenk in der Hand.

»Aber wo ist denn eure Mama? Traut sie sich nicht aus dem Auto?«, fragte sie nun.

»Mama ist im Himmel«, sagte Maren.

»Aha, und was macht sie da?«

Es konnte schon mal vorkommen, dass Julia Bäck sich vergaloppierte. Vor allem wenn sie aufgeregt war. Eine halbe Sekunde später machte es klick.

»Oh, das tut mir ja so leid ... ich entschuldige mich vielmals ... Wie konnte ich bloß ...«

Um sich aus dem Fettnäpfchen zu retten, reichte sie den beiden Mädchen die Gesichtscreme.

»Die ... die ist für euch«, stammelte sie. »Es heißt, sie macht einen zehn Jahre jünger.«

Konrad Kaltenbacher hatte noch nie erlebt, dass jemand in so kurzer Zeit so viel Falsches sagte und tat.

»Liebe Frau Bäck, Maren und Marie sind *neun*! Und das ...« Er deutete auf die Fahnenstange. »Das ist eine DDR-Fahne.«

Julia wurde klar, dass so ziemlich alles danebengegangen war. Wahrscheinlich hatte die geplante Charmeoffensive ihre Chancen sogar eher verringert als erweitert.

»Wollen wir rasch reingehen und uns die Fabrik ansehen, bevor mir etwas noch Dümmeres einfällt?«, schlug sie deshalb vor.

»Da bin ich ja schon fast neugierig, was das wohl sein könnte«, sagte Konrad Kaltenbacher und lächelte abermals.

Julia Bäck stimmte ihn froh und heiter, und zwar seit ihrem ersten und bisher einzigen Gespräch, dem Anruf aus dem Weißen Haus. Ein sonderbares Gefühl. Seit vier Jahren war Konrad nicht mehr froh und heiter gewesen.

Die Fabrikhalle war tatsächlich genauso gut wie die in Frihamnen! Wenn nicht sogar besser! Mehr Deckenhöhe, besser ausgestattet mit vorinstallierten Toren und Rampen zum Be- und Entladen.

Während Julia die Führung machte, hatten Maren und Marie mächtig Spaß mit den zwei Autoreifen, die die gewitzte Bürgermeisterin ihnen zugerollt hatte.

»Wer zuletzt an der Rückwand ankommt, ist eine Krabbe«, sagte Julia lächelnd.

Natürlich nahmen die Mädchen die Challenge an.

Lieber Krabbe als Kakerlake, dachte Konrad Kaltenbacher.

Als sie wieder draußen im Freien waren, hatte sich der Wind gelegt. Das fand Julia gut, weil die DDR-Fahne dann nicht mehr ganz so auffällig herumwehte.

»Das war alles, Herr Doktor Kaltenbacher. Wollen wir nun in mein Büro im Zentrum fahren und den Vertrag abschließen?«

Konrad Kaltenbacher musste zugeben, dass das Gebäude all seine Erwartungen übertraf und er den Abstecher nicht bereute. Und doch: »Ich muss zugeben, ich frage mich trotz allem, ob etwas mit Ihnen nicht ganz stimmt, Julia Bäck. Wenn, dann etwas Entzückendes, aber dennoch.«

Er sagte es mit einem Lächeln. Die Bürgermeisterin sah ihn prüfend an. Er war freundlich, hatte ein ansehnliches Auftreten und schien Humor zu haben. Wie alt er wohl sein mochte? Knapp vierzig, oder?

»Mit mir stimmt eine ganze Menge nicht, müssen Sie wissen. Fragen Sie nur den Fisch in dem Aquarium bei mir zu Hause, der weiß Bescheid. Oder ob es wohl ein Weibchen ist? Keine Ahnung. Vielleicht doch besser nicht, er oder sie spricht ja nicht. Mein Verdacht lautet auf Autismus.«

Konrad Kaltenbacher lachte. Maren und Marie blickten auf. Sie hätten nicht sagen können, wann sie das zuletzt erlebt hatten. Aus dem Grund mochten sie Julia Bäck gleich noch lieber.

»Vielen Dank für die Führung, Frau Bürgermeisterin«, sagte Maren.

»Es war nett von Ihnen, uns die Autoreifen auszuleihen«, sagte Marie.

Beide Mädchen konnten hervorragend Englisch.

»Ach was, nicht der Rede wert, Mädchen«, meinte Julia. »Aber wollen wir uns nicht duzen? Diese ganzen Titel und Nachnamen, Herr Doktor und Frau Bürgermeisterin ... hier in Schweden ist das nicht so üblich. Könnt ihr nicht bitte einfach nur Julia zu mir sagen?«

Maren und Marie lächelten stolz.

»Und du, Papa?«, sagte Maren.

Herr Dr. Kaltenbacher reichte der schwedischen Bürgermeisterin die Hand.

»Konrad«, sagte er.

»Dödel«, sagte Julia. »Also damit meine ich mich. Hat mich gefreut. Was haben wir noch mal zum Vertragsabschluss gesagt? Musst du noch ein paar Minuten drüber nachdenken?«

Konrads Gesichtsausdruck wurde ernst.

»Ich will ganz ehrlich sein, Julia: Das Fabrikgebäude passt hundertprozentig – mindestens! Haargenau das, was ich suche. Aber für mich geht es um mehr als das. Allein schon, dass du mir zweihundert Stellplätze versprochen hast. Wie viele haben wir hier? Dreißig?«

»Zweiundzwanzig«, sagte Julia und schickte heimlich ihre vorbereitete Textnachricht auf dem Handy in ihrer Tasche ab. Die lautete kurz und knapp:

Jetzt!

Zwei Sekunden später flog das Häuschen des alten Bolm-gren in die Luft. Das geschah mit Börjes Zustimmung und Bosse Boules technischem Sachverstand. Plus etwas Kunst-dünger. Alle Eingeweihten waren sich über den Symbolwert ihres Unterfangens einig, vor den Augen des Deutschen ihre Tatkraft unter Beweis zu stellen.

»Was um Himmels willen war das?«, entfuhr es Konrad Kaltenbacher.

»Ach, das war nur der Auftakt zu den Arbeiten am Park-platz«, erklärte Julia. »Sagtest du nicht, dass dir zweihundert Stellplätze reichen? Nicht lieber dreihundert?«

Die Mädchen hatte der laute Knall auch erschreckt. Aber jetzt mussten sie lachen und fanden alles perfekt. Sie schmiegten sich an Julia und wandten sich an ihren Vater.

»Können wir nicht bitte nach Halstaholm, Papa?«, bet-telte Maren.

»Ja, bitte!«, stimmte Marie ein.

Papa Konrad hasste sich schon fast selbst dafür, dass nicht mehr viel fehlte und er *Ja!* gesagt hätte, nur weil die Bürgermeisterin es schaffte, ihn zum Lachen zu bringen. Er musste doch durch und durch professionell bleiben!

Da setzte er den Todesstoß wohl besser früher als spä-ter an.

»Mädchen«, sagte er. »Ich muss zugeben, dass ich von Frau Bürgermeisterin Bäck ... Julia ... genauso angetan bin wie ihr. Und ich gebe zu, dass die Fabrikhalle perfekt ist. Ge-rade habe ich geräuschvoll demonstriert bekommen, dass genügend Platz zum Be- und Entladen und Abstellen von Wagen vorhanden sein wird. Aber hier geht es um die Zu-kunft der Firma *Traumbett* und um unsere Zukunft, als Familie.«

Und er erklärte, welche Bedeutung der Anbindung an Stockholm und dem Schulbesuch seiner Töchter zukam.

»Es tut mir leid, Julia, aber ich kann meine Lieblinge nicht in ein Haus in der schwedischen Provinz versetzen, wo ihnen mit der Zeit ihre Muttersprache verloren gehen wird. In Stockholm gibt es eine deutsche Schule, in Göteborg wohl auch. Die in Göteborg kann uns ja nun gestohlen bleiben, aber ... unterm Strich kommt Halstaholm einfach nicht infrage.«

Julia gab sich verwundert.

»Da hättest du mir aber fast einen tüchtigen Schrecken eingejagt, Konrad«, sagte sie. »Wie konnte ich bloß vergessen, dir zu erzählen, dass zum nächsten Schuljahr im Herbst in Halstaholm eine deutsche Schule neu eröffnet wird. Die Anzahl der Plätze ist begrenzt und der Andrang schon recht hoch, aber ... na ja, ich bin ja immerhin Bürgermeisterin ... und da bin ich mir ziemlich sicher, dass ich deine beiden dort unterbringen kann.«

Konrad war einerseits überrascht, andererseits auch wieder nicht, denn er war auf dem besten Wege, sich bei Julia über nichts mehr zu wundern.

»Und wo sollen wir wohnen?«, brachte er noch lahm hervor.

»Seegrundstück mit Privatstrand, Abendsonne und eigenem Bootssteg«, sagte Julia strahlend und mit einem dankbaren stummen Gruß an Bosse Boule. »Fahren wir hin und sehen es uns an?«

Konrad Kaltenbacher stand kurz vor der Kapitulation. Doch ein wichtiger Punkt war noch nicht geklärt: die Anbindung an Stockholm.

»Stimmt es, dass die neue Stammstrecke durch Halstaholm führen wird?«, fragte er. »In dem Fall hast du mich so gut wie sicher, Julia.«

Julia ertappte sich schon bei dem Gedanken: *Ja, gerne,* als ihr einfiel, dass der Regierungsbeschluss noch ausstand.

»Ach, da sind nur noch ein paar Formalitäten zu regeln, lieber Konrad«, sagte sie. »Wir als Alternative 1 sind bloß noch in Konkurrenz zu einer Alternative 2. Die viel teurer ist! Und wenn die schwedische Regierung eins gut kann, dann das Geld zusammenhalten! Komm, wir fahren los und unterschreiben!«

Konrad lächelte, zum wievielten Mal an diesem Tag?

»Wir machen es so«, sagte er. »Ich habe denen in Frihamnen versprochen, in zwei Wochen wiederzukommen. Unter anderem, um mir Wohnoptionen auf Lidingö anzusehen. Und weil sie mir noch ein paar Zahlen nachreichen müssen. Wenn *du* bis dahin einen definitiven Stammstreckenbeschluss der Regierung auf den Tisch legen kannst, habe *ich* alle Unterlagen, die ich für meine Entscheidung brauche. Glaubst du, dass du das hinbekommst?«

»Selbstverständlich, Konrad!«, sagte Julia. Sie hatte es so weit geschafft, da wäre es doch gelacht, wenn sie den Staatssekretär im Wirtschaftsministerium nicht dazu brachte, dass er ihr einen Vorabbeschluss zusteckte.

Ein Protestpolitiker macht Stunk

Hasse Eriksson von der Partei *Wir in Halstaholm* war auf dem Heimweg von Gnesta. Dort besuchte er ab und an eine Dame, mit der er ein wenig Spaß hatte, wenn sonst gerade nichts ging. Eigentlich war sie zu beschränkt für seinen Geschmack, aber dafür schön drall, und sie verfügte über gewisse Fertigkeiten.

Jetzt saß er am Steuer seines dreizehn Jahre alten Mitsubishi und summte zufrieden eine Radiomelodie mit.

Aber was war das?

Jemand hatte ein Schild unter das Ortsschild von Halstaholm gehängt.

Willkommen! Auf Deutsch! Und es kam noch viel schlimmer: An der Fassade seines geliebten Hallenbads stand, dass dort *demnächst* eine gottverdammte *Bierstube* öffnen würde. Was war da los?!

Diese verfluchte Julia Bäck ging ihm seit Wochen aus dem Weg. Jetzt reichte es aber!

Hasse beschleunigte und erreichte wenig später das Rathaus. Wie immer nahm er den stets freien Behindertenparkplatz direkt am Eingang. Er stieg aus und ging energisch durch die Tür. Da saß diese grässliche Empfangsdame und strickte.

»Hör mal, du alte Schachtel!«, sagte er.

»Sag noch einmal alte Schachtel zu mir«, entgegnete Harriet, die ihn womöglich noch satter hatte als er sie.

»Ich komme gerade von einer Dienstreise zurück ...«, setzte er an.

»Ich denke, du bist arbeitslos«, fiel ihm Harriet ins Wort.

»... und wurde in Halstaholm *auf Deutsch* empfangen!«

Der Empfangsdame war klar, was als Nächstes kommen musste.

»Und dann, wenige Hundert Meter weiter, lese ich, dass unser stolzes städtisches Hallenbad in eine deutsche Bierstube umgewandelt wird! Was geht hier vor? Etwa die Invasion einer fremden Macht?«

Wart's ab, bis du Günter Grass und das Angela-Merkel-Rondell entdeckt hast, dachte Harriet.

»Wo steckt die verfluchte Bürgermeisterin? Und was hat sie mit meinem Schwimmbad vor?«

Harriet musste Zeit zum Nachdenken schinden.

»Wie ich sehe, hast du dein Auto wieder auf dem Behindertenparkplatz abgestellt. Würdest du es wohl umparken?«

»Wozu das? Sämtliche Lahmen und Gebrechlichen sind ja wohl schon von hier weggezogen, bis auf die alte Johansson, und die hat nur einen Rollator, kein Auto.«

Während Hasse sich ereiferte, hatte sich Harriet eine Antwort zurechtlegen können.

»Nun weiß ich zwar bekanntlich nicht alles, aber ich meine, dass der Chefkoch Bolmgren das Gebäude auf befristete Zeit mieten darf, nämlich während der Wartezeit darauf, dass dein Antrag auf Renovierung des Hallenbads zum dritten Mal in rascher Folge abgeschmettert wird.«

»Bolmgren? Der Kerl auf der Anhöhe hinter der Fabrik?«

Dessen Haus gerade in die Luft geflogen ist, dachte Harriet. Davon würde Hasse Eriksson natürlich auch bald Wind bekommen. Als offizielle Erklärung sollte ein Gasleck herhalten.

»Ist Julia nun oben oder nicht?«, beharrte der Protestpolitiker auf seiner Frage.

Er machte sich bereit zum Gang durch die automatische Glasschiebetür. Aber Harriet kam ihm zuvor und drückte auf den Verriegelungsknopf. Es fehlte nicht viel, und Hasse hätte sich die Nase an der Scheibe gestoßen.

»Die Bürgermeisterin ist in einer wichtigen Sitzung, du musst dir einen Termin geben lassen wie alle anderen. *Nachdem* du dein Auto umgeparkt hast!«

Schnaubend verließ Hasse Eriksson das Rathaus. Harriet rief Julia an.

»*Wir in Halstaholm* auf dem Kriegspfad«, warnte sie.

»Hat er das Bierstuben-Schild entdeckt?«, fragte Julia.

»Unter anderem«, sagte Harriet.

»Kommt er hier rauf?«

»Ich habe ihn erfolgreich verjagt. Aber er kommt sicher wieder. Was soll ich machen? Ich konnte ihn vorerst damit abspeisen, dass Bolmgren wohl nur einen Zeitmietvertrag abgeschlossen hat.«

»Gut so!«, sagte Julia. »Meinst du, du kannst den Kaufvertrag zwischen uns und Bolmgren bis auf Weiteres so gut im Archiv verstecken, dass Eriksson ihn auf keinen Fall findet?«

»Der Grundsatz der Transparenz ist der ärgste Feind jeder Stadtverwaltung«, sagte Harriet. »Du kannst dich auf mich verlassen, Julia.«

Der Consultant und die Urlaubsfotos

Die Finanzsenatorin Ingela Franzén zählte eins und eins zusammen und kam auf zwei.

Zunächst die Rückmeldung von Konrad Kaltenbacher aus Hamburg. Man hatte sich auf die Details im Zusammenhang mit seinem nächsten Besuch geeinigt. Gewiss, der Deutsche hatte das Gelände in Frihamnen gelobt und die Idee begrüßt, dass ihr nächstes Treffen auf eben dem Fabrikgelände und nicht im Stadtzentrum stattfand. Aber er wirkte gar nicht mehr so erpicht auf einen Vertragsabschluss, wie er es eigentlich sein müsste, wenn er hundert Prozent positiv gestimmt wäre. Er hatte durchblicken lassen, dass er so seine Zweifel hegte, ob Kenneth Carlander wirklich die angefragten Zahlen zu Strom- und Wasserkosten liefern konnte. Doch sollte das wirklich ein Ausschlusskriterium sein?

Nein, viel schlimmer schien, dass ihr Konkurrent Halstaholm offenbar bei seinem *Traumbett*-Ortstermin *gepunktet* hatte. Noch vor einer Woche hatte das nach einem reinen Höflichkeitsbesuch ausgesehen, vielleicht einer Gelegenheit, um den Preis in Frihamnen zu drücken.

Das Telefonat brachte Ingela Franzén darauf, *Halstaholm* und *neueste Nachrichten* zu googeln. Wie sich herausstellte, standen in der Lokalzeitung *Halsta Nytt* (von der noch so gut wie niemand je gehört hatte) mehrere aufschlussreiche

Artikel zu der Frage, was da eventuell im Busch sein könnte. Die Gemeinde war im Eiltempo in ein regelrechtes »Little Germany« verwandelt worden: mit einer angekündigten Bierstube, einer Günter-Grass-Statue, einem Angela-Merkel-Rondell (!) und Ähnlichem mehr. Laut anonymen *Halsta Nytt*-Quellen stand die Stadt kurz vor dem Vertragsabschluss mit dem Multi aus Hamburg.

Auch wenn es kaum zu glauben war, erschien ihr Halstaholm von dem Moment an wie ein ernst zu nehmender Konkurrent. Daher hatte die Finanzsenatorin ihren Berater an diesem Morgen um Punkt neun Uhr einbestellt.

Ingela Franzén war mehr als nur verärgert, als der Schnösel um Viertel nach neun mit Basecap und Bartstoppeln eintrudelte.

»Morgen, Schätzchen«, eröffnete Carlander. »Sorry, dass ich bisschen spät dran bin, da sind einfach bald überall in der Stadt beschissene Baustellen.«

»Für dich immer noch Frau Finanzsenatorin«, stellte Ingela Franzén klar. »Setz dich sofort hin und hör zu, ohne Umweg über den Schnapsschrank!«

Kenneth Carlander, der genau dies im Sinn gehabt hatte, kam aus dem Konzept und fügte sich.

»Während du dich durch die Gegend gesoffen und gevögelt hast, bin ich an Hamburg drangeblieben und habe etwas dazu recherchiert«, sagte Ingela Franzén.

Carlander erschrak über ihre Wortwahl und verstand, dass es diesmal ernst war.

»Nur weiter«, sagte er.

»Halstaholm ist ein äußerst ernst zu nehmender Konkurrent! Die Fabrikhalle passt, der Preis ist offenbar lachhaft, und sie haben den Deutschen auf eine Weise umgarnt, zu der du von Natur aus nicht fähig bist.«

Zum ersten Mal kam Kenneth die Befürchtung, dass sein Beraterhonorar in Höhe von um die drei Millionen Kronen in Gefahr geraten könnte.

»Wollen die etwa ihre Fabrik *auf dem platten Land* eröffnen? Zwischen Kartoffelackern, Weizenfeldern, Kühen und lauter so Mist, der bloß stinkt?«

»Du meinst Fleisch, Milch und Kohlenhydrate«, sagte Ingela Franzén. »Kartoffeln und Weizen sind übrigens die Hauptbestandteile des ganzen Alkohols, den du in dich reinschüttest, während du dir dein Rinderfilet zum Abendessen schmecken lässt. Verdammt, du bist wirklich dermaßen belämmert, du Kack-Consultant, dass die Hälfte davon dicke reichen würde, um belämmert bis zum Gehtnichtmehr zu sein.«

Kenneth Carlander hatte sie noch nie so wütend erlebt. Es machte sie schon fast sexy, aber nur fast. Glücklicherweise konnte er sich gerade noch beherrschen, es ihr zu sagen.

»Liebe Frau Finanzsenatorin«, rang er sich stattdessen ab. »*Leave it to me.* Kein Megakonzern der Welt lässt sich auf einem Kartoffelacker nieder, und wenn der Preis noch so niedrig ist. Vor allem nicht, wenn man die Realität verkehrstechnisch komplett ummodelt.«

»Wie soll das gehen?«, sagte die Finanzsenatorin, und ihre Stimme klang dabei sogar schon etwas milder.

»Bist du dir sicher, dass du es wissen willst?«, fragte Carlander in dem Gefühl, dass er die Situation langsam wieder unter Kontrolle bekam.

Ingela Franzén war sich sicher, dass sie es *nicht* wissen wollte. Was sie hingegen mehr als alles andere wollte, war, unbeschadet aus der nächsten Wahl hervorzugehen.

»Ich will's wissen«, log sie. »Aber ich bin eine viel beschäftige Frau, das muss Zeit haben bis zum nächsten Mal.

Kümmere du dich jetzt gefälligst um die ganze Sache und sieh zu, dass du nüchtern bleibst, bis du das Ding im Kasten hast.«

Damit war klar, dass Kenneth Carlander den Rückzug antreten konnte. Er tippte an seine Basecap und verließ den Raum. Auf dem Weg hinaus murmelte er sich im Gang seine Kurzfassung dieses Meetings in die Bartstoppeln:»Scheißschnepfe.«

* * *

Während Bosse Boule den städtischen Bebauungsplan noch ein wenig modifizierte (unter anderem brauchte es eine Schanklizenz für das ehemalige Hallenbad), während Peter der Kleine seine erste Deutschstunde mit seinen vier neuen Schülern aus dem Lehrerkollegium abhielt (»Was haben wir über Kaugummikauen im Unterricht gesagt, Herr Almqvist?«) und Frau Johansson die Rentnerbrigade dazu anhielt, sämtliche Häuserfassaden mit Hochdruckreinigern abzuspritzen – während alledem rückte die Bürgermeisterin hartnäckig dem Staatssekretär Hannes Marklund im Wirtschaftsministerium auf die Pelle, um ihm eine Bestätigung für den neuen Streckenverlauf der Südlichen Stammbahn abzupressen.

»Damit sieht es gut aus«, sagte der Staatssekretär. »Richtig gut! Wir fassen definitiv in den nächsten Tagen den Beschluss und haben in spätestens einer Woche eine Pressekonferenz unter Wortführung des Ministers in Planung.«

»Dann melde ich mich morgen früh wieder«, verkündete Julia.

»Bitte nicht …«, flehte der Staatssekretär.

»Und am nächsten Tag wieder, bis ich Bescheid weiß.

Wissen Sie, ich bin sehr darauf bedacht, meiner Stadt das Überleben zu sichern!«

＊ ＊ ＊

Kurz nach dem Anruf der hartnäckigen Halstaholmer Bürgermeisterin erwartete der Staatssekretär einen alten Kumpel von früher. Eigentlich hatte er keine Zeit für so etwas, aber Kenneth Carlander hatte ihn tags zuvor mit einer SMS geködert, in der er ihm schrieb, dass er »ein megacooles Ding« am Laufen habe.

Hannes Marklund kam gerade noch dazu, aufzulegen, da stand Carlander auch schon in der Tür.

»Hey, du alter Seebär! *Long time no see!*«

Der Staatssekretär grinste von einem Ohr zum anderen. »Kenneth! Wie cool, du hier! Ich hab zwar wahnsinnig viel zu tun, aber wenn du dich meldest, muss eben alles andere warten.«

Der Staatssekretär raffte seine Unterlagen zur neuen Stammbahn-Streckenführung zusammen.

»Du hast gesagt, du hast ein megacooles Ding am Laufen? Ich will ja nicht neugierig sein. Aber du weißt schon, alles, was uns bei der nächsten Wahl dienlich ist ... hehe.«

Hannes Marklund lachte. Und ahnte nicht, was er sich da anlachte.

Kenneth öffnete seinen Aktenkoffer und fischte ein paar Blätter heraus, während er sich den Anschein gab, als würde er harmlos und unverfänglich mit seinem alten Kumpel quatschen.

»Ach ja, so schöne Erinnerungen ...«, sagte er und warf dabei einen Blick in die Papiere, die er in der Hand hielt. »Aber, Hannes, wie sieht's aus? Seid ihr gerade dabei, die

neue Streckenführung der Südlichen Stammbahn zu be-
schließen?«

Hannes Marklund schöpfte immer noch keinen Verdacht.
»Seit wann interessierst *du* dich denn für Bahnverkehr? Wo
du doch nichts als dicke Limousinen fährst? Oder Business-
class fliegst.«

»Züge sind für Umwelt-Muppets«, befand Kenneth Carlander. »Da weiß ich doch, was ich an meiner Jacht habe, die
schluckt Diesel, dass es eine Pracht ist!«

Der Staatssekretär zog eine verschreckte Grimasse und
sah zu, dass er die Tür zum Gang schloss.

»Scheiße, so was kannst du hier nicht laut sagen!«,
mahnte er.

»Aber wenn es doch stimmt!«, erwiderte Carlander.
»Weißt du nicht mehr, wie wir vorigen Sommer zusammen
draußen in den Schären auf Tour waren? Da sind bestimmt
mindestens zweihundert Liter Diesel geflossen. Und dreihundert Liter Champagner!«

Jetzt trommelte der Consultant mit beiden Daumen auf
seine Papiere. Hannes Marklund fühlte sich etwas unwohl,
als die Schärentour zur Sprache kam.

»Es gibt zwei Alternativen, zwischen denen ihr euch entscheidet, stimmt's?«, fragte Carlander.

Der Staatssekretär reagierte überrascht. »Bist du in die
Regierungsstrategie für die Verkehrspolitik der Zukunft ein-
geweiht?«

Kenneth Carlander machte eine abwehrende Geste. »Och,
man bemüht sich ja, auf dem Laufenden zu bleiben, wenn es
sein muss. Wird es die eins oder die zwei?«

Genau diese Frage hatte ihm die Bürgermeisterin von
Halstaholm vor wenigen Minuten gestellt, und Hannes
Marklund war nur mit knapper Not an einer Zusage für die

Alternative 1 vorbeigeschrammt. Aber wenn ihn ein alter Kumpel fragte ...

»Es bleibt noch ein paar Tage Top Secret, aber wir bereiten eine Pressekonferenz für die Alternative 1 vor«, sagte er. »Die mehr so durchs Landesinnere geht. Aber sag es keinem weiter.«

»Und wenn wir uns stattdessen für die Nummer 2 entscheiden?«, entgegnete Kenneth Carlander.

Hannes Marklund fasste das als Frage und nicht als Vorschlag auf. »Na ja, die küstennahe Variante macht aufwendigere Bodenarbeiten erforderlich, denn dort ist es vielerorts sumpfig, was es um etwa eine Milliarde verteuert. Klar, auch knapp zwei Minuten Zeitgewinn, aber du weißt ja, Geld regiert die Welt.«

»Anders als früher«, sagte Kenneth Carlander. »Als noch der Schwanz regiert hat.«

Der Staatssekretär blickte schockiert in Richtung der nun verschlossenen Tür. Dann blätterte sein Kumpel die Fotos von ihrer Schärentour von vor fünfzehn Monaten auf den Tisch. Von ihrem Männertrip mit reichlich Bräuten. Lauter junge Models im Bikini. Kistenweise Champagner. Und Fotos von Hannes Marklund, wie er erst einem Model eine volle Flasche über den Körper kippte und dann versuchte, sie wieder sauber zu lecken.

Jetzt wurde der Staatssekretär so richtig nervös. »Was soll das, Kenneth? Ich hab gedacht, wir sind Buddys? Du meinst doch nicht im Ernst, dass wir den Streckenverlauf der Stammbahn ändern sollen, damit du nicht ...« Hannes Marklund brachte den Satz nicht zu Ende.

»Aber *natürlich* sind wir Buddys, Hannes!«, versicherte der Consultant. »Melde dich einfach, wenn du mit deiner Frau und den lieben Kindern im nächsten Sommer das Boot leihen möchtest! Aber jetzt geht es um Politik! Ich will, dass die Stammbahn so weit weg wie möglich von Halstaholm verläuft, und dabei kannst du mir helfen, oder etwa nicht?«

»Scheiße, Kenneth …«, krächzte der Staatssekretär gerade noch, ehe er vom Consultant unterbrochen wurde, der schon aufgestanden und auf dem Weg zur Tür war. Die Fotos von der Bootstour blieben auf Hannes Marklunds Schreibtisch liegen.

»Behalt die Fotos zur Erinnerung. Und falls sie dir abhandenkommen sollten, macht es gar nichts. Ich hab nämlich noch viel mehr davon. Und sehr viel schlimmere.«

Die Eins oder die Zwei?

Julia Bäck hielt, was sie versprochen hatte. Sie rief den Staatssekretär die ganze nächste Woche an jedem einzelnen Vor- und Nachmittag an. Aber Hannes Marklund war entweder gerade nicht am Platz oder in einer wichtigen Sitzung, hatte ein Gespräch auf der anderen Leitung, war noch nicht hereingekommen oder hatte schon Feierabend gemacht.

Dank *Bierstube Badehaus*, Günter Grass, Angela-Merkel-Rondell, Fußball spielender Kinder und des Gerüchts einer deutschen Schule im Aufbau erlebte das Lokalblatt einen Aufschwung wie noch nie, jedenfalls nicht seit das verflixte Internet gekommen war und alles kaputt gemacht hatte.

Selbst die wichtigste schwedische Tageszeitung, *Dagens Nyheter*, berichtete über Halstaholm: dass es der Hauptstadt Konkurrenz mache um die größte industrielle Neuniederlassung im Land seit Menschengedenken. Schwedische wie deutsche Medien verlangten einen Kommentar von Dr. Konrad Kaltenbacher jr., aber niemand kam an seiner Sekretärin Frau Müller vorbei, die geschickt parierte. Zum einen, weil sie genau das war: geschickt. Zum anderen, weil alle Anrufer sich mit richtigem Namen meldeten und sie es weder mit einem falschen Henry Kissinger noch einer Pseudo-Greta-Thunberg zu tun bekam.

Bei Familie Kaltenbacher zu Hause wurde Konrad von den

Zwillingen in einen internen Belagerungszustand versetzt. Sie beteuerten, sie *liebten* Julia, sie *liebten* deren Stadt, und dann, eines Tages, sie *liebten* das Grundstück, von dem die Bürgermeisterin Fotos geschickt hatte. Er sollte sich auch bloß keine Sorgen wegen ihnen machen. Wenn sie nämlich nach Halstaholm statt in diesen doofen Freihafen in dieser doofen Hauptstadt dürften, würden sie auch Schweden *lieben*.

»Wir können auch schon voll viele schwedische Wörter«, sagte Maren.

»Ah ja«, sagte Papa Konrad. »Und welche, wenn man fragen darf?«

Bereitwillig erklärten die Mädchen: »Avicii ... Ikea ... H & M ... Johannes Tignes Bø ...«

»Der Biathlet?«, sagte Konrad. »Der ist Norweger. Esst jetzt auf und putzt euch dann gründlich die Zähne. Morgen habt ihr Schule.«

Die beiden flitzten Richtung Bad davon. Konrad blieb mit dem Abwasch in der Küche zurück. Und mit seinen Gedanken.

Es war wirklich nicht machbar, sich für Halstaholm zu entscheiden, wenn aus der Schnellzugverbindung nach Stockholm nichts wurde. Von den veranschlagten fünfhundertfünfzig Mitarbeitern der allerersten Phase müssten mindestens fünfzig aus hoch qualifiziertem Personal bestehen, und die würden überwiegend lieber in der Hauptstadt wohnen bleiben, wo Konrad sie zu rekrutieren gedachte. Niemand würde sich für eine Arbeit entscheiden, zu der man eine gute Stunde im Auto oder noch länger per Bus mit Umsteigen in Södertälje brauchen würde, ganz gleich, was für Gehälter er bot. Doch eine zwanzigminütige Zugfahrt würde alles ändern!

Die reizende Julia hatte es ja versprochen! Und vor allem hatte die schwedische Regierung einen Beschluss schon vor ein paar Tagen versprochen. Die letzte Meldung allerdings lautete, dass sie die geplante Pressekonferenz um eine ganze Woche verschoben hatten. Warum? Wurde die Alternative 1 etwa gerade zur Alternative 2 und umgekehrt?

Die Spionagefahrt

Die Nachricht von der verschobenen Pressekonferenz war für Kenneth Carlander aus guten Gründen eine gute Nachricht. Doch zur Sicherheit schickte er dem Staatssekretär und wahrscheinlich ehemaligen Kumpel per WhatsApp ein noch schlüpfrigeres Foto, damit Hannes Marklund seine Aufgabe nicht aus dem Blick verlor.

Der Consultant war mit sich zufrieden. Für einen kurzen Moment hatte es tatsächlich so gewirkt, als ob er die Sache in den Sand gesetzt hätte, doch dann hatte er das Ding wieder mal drehen können. In Kriegs- und Krisenzeiten lief er eben zu Bestform auf! Beflügelt von diesem Moment der zweiten Luft beschloss er, sich nach Halstaholm aufzumachen, um die Konkurrenz höchstpersönlich zu inspizieren. Natürlich völlig inkognito. Und ohne dass die Schnepfe im Rathaus etwas davon wissen musste.

Aber ihm wurde schon fast gruselig zumute, als er ins Netz ging, um ein Hotelzimmer zu buchen. Da bekam er Zimmer in einem *Hotel Halsta* angeboten – und sonst gar nichts! War er je im Leben so weit draußen in der Pampa gewesen wie bei diesem Vorhaben? Gab es dort überhaupt Handyempfang?

* * *

Wer sich inkognito in Halstaholm aufhalten möchte, sollte vielleicht besser nicht in einem goldgelben Porsche, mit Armani-Anzug und – an einem trüben, kalten Tag Anfang November – dunkler Sonnenbrille Einzug halten. Kenneth Carlander war das im Prinzip zwar klar, aber es gab ja doch gewisse Grenzen, wie viel Gewalt er sich antun konnte.

Als er im Hotel eincheckte, wurde ihm eröffnet, dass die Rezeption um achtzehn Uhr schloss, aber der Zimmerschlüssel passe auch in die Haustür.

»Gibt es eine Minibar auf dem Zimmer?«, wollte der Consultant wissen.

»Minibar?«, fragte die Frau an der Rezeption.

»Vergessen Sie's. Aber wenn ich gern ein Filet mignon und einen Châteauneuf-du-Pape hätte, wohin begebe ich mich da vorzugsweise?«

»Schattoh-was?«, sagte die Rezeptionistin, die bis vor elf Jahren in der Fabrik für den Einkauf von Spikes für Spikereifen verantwortlich gewesen war.

Kenneth Carlander seufzte. »Verdammte Scheiße, wo krieg ich einen Happen zu essen und was zu saufen?«

Die Rezeptionistin strahlte. »Ach so! Da empfehle ich die *Pizzeria Halsta*, fünfzig Meter weiter die Straße rauf. Aber setzen Sie ruhig die Sonnenbrille ab, damit Sie auf dem Weg hin und zurück nicht gegen einen Laternenpfahl laufen.«

* * *

Da war was dran. Die Sonnenbrille blieb im Hotelzimmer zurück. So kam Kenneth gut an dem einzigen Laternenpfahl zwischen Hotel und Pizzeria vorbei.

Freie Tische gab es genug. Oder anders gesagt: Alle Tische bis auf zwei waren unbesetzt.

Kenneth suchte sich den Platz, der am weitesten von einem anderen einsamen Gast entfernt war, weil der vermutlich nach Bauernhof roch. Dafür kam ihm der andere etwas zu nah, auch wenn der wenigstens ein Sakko trug. Zur Jeans, aber immerhin.

Nach zwei Bier, ebenso vielen Jägermeistern und einer halben Capricciosa sah das Dasein für den Consultant schon gleich viel annehmbarer aus. Vielleicht sollte er sich unter die Ureinwohner mischen und schauen, was dabei herauskam? Er hob sein Glas Richtung Jeans-mit-Sakko-Träger und sagte: »Prost! Macht einen netten Eindruck, das Städtchen hier.«

Der Jeansträger blickte von seiner Abendzeitung auf. Hatte nichts mehr zum Anstoßen in seinem Glas. Und offenbar auch keine Lust: »Nett? Ganz Halstaholm ist doch scheißkorrupt!«

Carlander begriff sofort, dass er da direktemang auf eine Goldgrube gestoßen war, und rief dem Griechen am Pizzaofen zu, er brauche zwei neue Bier und ebenso viele Jägermeister.

»Ich muss bloß erst ...«, wollte der Grieche einwenden.

»Jetzt!«, sagte Kenneth Carlander.

Fünf Minuten später saßen der Consultant und der Protestpolitiker an einem Tisch. Noch eine halbe Stunde, und Carlander war über das meiste im Bilde.

Da hatte er also offenbar einen richtigen Eingeborenen und noch dazu engagierten Hobbypolitiker an der Angel. Einen, der sich außerdem nicht nur von Julia Bäck hintergangen fühlte, sondern es höchstwahrscheinlich auch war. Mit zunehmendem Rausch bekam der Consultant nach und nach aus Hasse Eriksson heraus, dass die Bürgermeisterin das städtische Hallenbad ohne Gemeinderatsbeschluss vermietet hatte. Außerdem kursierten Gerüchte, dass die Schule gerade in eine deutsche Schule umgewidmet würde, auch das nicht nach demokratischen Spielregeln verankert. Und dass die Schüler während des Unterrichts draußen Fußball gespielt hätten!

Des Weiteren war eine Büste ohne Baugenehmigung vor der Bibliothek aufgestellt und der zuvor namenlose örtliche Kreisverkehr in *Angela-Merkel-Rondell* umbenannt worden … Laut Hasse Eriksson konnte die Liste noch lange so weitergehen, aber erst mal brauchte er noch ein Bier und einen Jäger, um seine Hirnwindungen durchzupusten.

Es war schon zehn Uhr abends, und der Grieche wollte schließen.

»Du kriegst tausend Kronen Trinkgeld, wenn du den Laden noch eine halbe Stunde länger offenlässt«, sagte Kenneth Carlander.

Doch der Grieche war nicht nur ein Grieche, sondern auch ehemaliger *Halstadäck*-Finanzabteilungsleiter und hatte etwas von der Welt gesehen. Vor allem aber erkannte er einen Armani-Anzug, wenn er ihn sah.

»Zehntausend«, sagte er. »Für eine Stunde. Und Vorkasse.«

Hasse Eriksson plusterte sich empört auf. Was war das denn für eine Erpressung?!

Kenneth Carlander hingegen wurde es ganz warm ums Herz. Ihm war, als wäre er wieder daheim in der Zivilisation angelangt, statt auf einem Kartoffelacker zu hocken und auf Pizzabrocken herumzukauen.

»Achttausend«, sagte er. »Inklusive zwei neue Bier und zwei neue Jäger. Und anderthalb Stunden, wenn wir das brauchen.«

Der Grieche ließ sich auf alles ein bis auf die Fristverlängerung. »Eine Stunde ist mein letztes Angebot, sonst riskiere ich meine Schanklizenz.«

Der Consultant und der Grieche gaben sich die Hand drauf.

»Und, wo waren wir stehen geblieben?«, sagte Kenneth Carlander zu Hasse Eriksson, der unmöglich begreifen konnte, was da gerade abgegangen war.

Einbrechen für Anfänger

Die Taskforce versammelte sich im Bürgermeisterinnen-büro. Harriet hatte das »Bin gleich zurück«-Schild an die Eingangstür gehängt und konnte daher als zusätzliches Mit-glied teilnehmen. Es war an der Zeit, dass sich alle auf den neuesten Stand brachten und sich untereinander abstimm-ten, wie es im Allgemeinen weitergehen sollte.

Peter der Kleine wusste zu berichten, dass er schon zwei Deutsch-Doppelstunden mit seiner Lerngruppe abgehal-ten habe, also mit den drei Lehrern und der Lehrerin, die die Rektorin ausgesucht hatte. Zumindest zwei von ihnen kämen gut mit, wohingegen Herr Hedlund Probleme mit der Herleitung von Dativ oder Akkusativ habe und Frau Berg-man Probleme mit der Disziplin.

»Also wirklich, die kann doch nicht mit verstecktem Smartphone im Unterricht sitzen und Widerspruch gegen ihren Steuerbescheid einlegen!«, beklagte sich Peter der Kleine. »Privatangelegenheiten erledigt man in der Freizeit!«

Frau Johansson konnte über ihren Rentnerverein nicht klagen. Sie hatten überall in der Stadt Schmierereien besei-tigt und die Blumen im Angela-Merkel-Rondell gegen eben-solche aus Plastik ausgetauscht, die den kommenden Winter überstehen würden. Allerdings wusste sie auch besorgniser-regende Neuigkeiten zu berichten: Am Vorabend hatte sie mit ihrem Rollator einen Spaziergang an der frischen Luft gemacht, um besser schlafen zu können. In alten Erinnerungen schwelgend, war sie an der Pizzeria vorbeigegangen ...

»Alte Erinnerungen?«, wunderte sich Peter der Kleine. »Waren Sie mal Pizzabäckerin?«

»Nein, Museumsleiterin«, sagte Frau Johansson.

Bosse Boule erklärte es dem Gruppenmitglied, das ein bisschen zu jung war, um sich daran erinnern zu können: »Frau Johansson hat Halstaholms bedeutendes Archäologisches Museum geleitet, bis sie in Rente ging. Als sie aus dem Verkehr gezogen war, beschloss Julias Vorgänger, das Haus zu verkaufen und den ganzen alten Kram ans Historische Museum in Stockholm zu schicken. Aus dem Museum wurde die Pizzeria. Ein Kulturskandal, wenn du mich fragst!«

Aber Frau Johansson war nicht ganz dieser Meinung. »Im letzten Jahr, als die Reifenfabrik schon dichtgemacht hatte, kam ich im Schnitt auf zwei Besucher im Monat. Die eine davon war meine Enkelin, die wusste, dass sie jedes Mal Bonbons kriegte, wenn sie sich blicken ließ.«

Wie auch immer: Der Rollator und sie legten gern einen Abstecher am ehemaligen Museum vorbei ein – und am letzten Abend hatte sie Hasse Eriksson dort drinnen gesehen!

»Was ist daran so aufregend?«, sagte Julia. »Hat er Wasser getrunken? In dem Fall müssen wir es den Nachrichten stecken.«

»Nein, ein zünftiges Herrengedeck. Aber vor allem saß er mit einem am Tisch, der nicht von hier war«, sagte Frau Johansson.

»Woher weißt du das?«, fragte Peter der Kleine.

»So was sieht man an der Kleidung, den manikürten Nägeln, der Frisur und dem arroganten Lächeln. Der war glasklar aus Stockholm!«

Jetzt wurde Julia Bäck neugierig.

»Unser Protestpolitiker hat sich mit einem Stockholmer verbrüdert?«, sagte sie. »Was die wohl miteinander aushecken?«

»Und es kommt noch schlimmer«, fuhr Frau Johansson fort. »Als du uns über das Vorhaben der Konkurrenz informiert hast, hast du uns ja ein paar Artikel gezeigt, unter anderem ein Interview mit einem Immobilienberater, dessen Name mir entfallen ist.«

»Kenneth Carlander«, murmelte Julia.

»Genau! Und *der* war's!«

Julia wollte wissen, ob sie sich da wirklich ganz sicher sei.

Frau Johansson fühlte sich auf den Schlips getreten.

»Da ich nicht zu dumm bin, um zu kapieren, dass der Stockholmer wohl kaum auf einer Parkbank übernachten würde, habe ich meine Tochter angerufen, die ihre Freundin angerufen hat, die Alice von der *Hotel Halsta*-Rezeption angerufen hat. Hasse Eriksson hat *definitiv* mit diesem Consultant Carlander zusammengehockt! Mit dem, der *Traumbett* nach Frihamnen holen will!«

Die Information war so beunruhigend wie undurchsichtig.

»Das sind in erster Linie schlechte Nachrichten«, sagte Julia. »Aber was bleibt uns anderes übrig, als abzuwarten und zu sehen, was die wohl im Schilde führen?«

Da räusperte sich Harriet. »Ich hab den Kaufvertrag zwischen der Kommune und Bolmgren so gründlich im Archiv versteckt, dass Hasse Eriksson ihn nie im Leben findet. Aber vor allem, weil er beschränkt ist. Wenn er Hilfe von außerhalb bekommt, von einem, der richtig Ahnung vom Grundsatz der Transparenz hat, könnte es ein gewisses Risiko geben. Direkt nach diesem Meeting schau ich dort wieder vorbei und verstecke ihn noch besser.«

Bosse Boule interessierte sich für die Frage, wie es beim Verstecken genau zugegangen sei. Harriet erklärte, dass der Vertrag unter B wie Bolmgren liegen müsste. Aber wenn man frei assoziierte, konnte man ihn unter B wie Bierstube oder B wie Badehaus ablegen. Das Problem war nur, dass es beim B blieb, egal, wie man assoziierte. Alle, die unter B nachsahen, würden das Gesuchte finden.

»Also habe ich den Vertrag unter W wie Wiener Schnitzel abgelegt«, sagte Harriet. »Und jetzt habe ich vor, ihn stattdessen unter dem Teppich abzulegen.«

»Unter T wie Teppich?«, fragte Peter der Kleine.

»Nein, bloß unter dem Teppich.«

Als Nächstes erstattete der inoffizielle kommunale Stadtplaner Bericht. Er hatte in Zusammenarbeit mit Harriet früher abgelegte Anträge durchgesehen und alle rückdatiert, die Prüfungen des Gemeinderats hinsichtlich Baugenehmigung, Schanklizenz und dergleichen betrafen, damit es in der Ratsversammlung am nächsten Tag flott gehen konnte.

»Wir haben alles Frau Slavic zugeordnet«, sagte Bosse Boule. »Aber seid ihr sicher, dass sie sich nicht erinnert, was sie beantragt hat und was nicht?«

»Ja«, sagte Harriet.

Frau Johansson bestätigte das: »Die kann sich nur mit Mühe und Not an den eigenen Namen erinnern. Und das ist noch nicht alles! Bevor wir uns gezwungen sahen, sie aus dem Rentnerverein auszuschließen, hat sie versucht, ihre Unterwäsche in der vereinseigenen Kaffeemaschine zu waschen.«

Nun war Julia Bäck an der Reihe. Sie hatte erst vor gut einer Woche deutliche Hinweise vom Staatssekretär erhalten, dass die Regierung vorhabe, sich bei der neuen Stammbahn für Alternative 1 zu entscheiden. Doch daraufhin war die Pressekonferenz plötzlich und unerwartet um eine Woche verschoben worden. Als es demselben Staatssekretär anschließend gelang, ihren achtzehn Anrufen in Folge auszuweichen, hatte sie nach ihm und dem vermaledeiten Consultant gegoogelt, den Frau Johansson am Vorabend in der Pizzeria entdeckt hatte.

»Und?«, sagte Frau Johansson.

»Hannes Marklund und Kenneth Carlander sind alte Kumpels! Es gibt muntere Bilder von den beiden zusammen auf einer Schärentour im letzten Sommer. Sie umarmen sich und stoßen mit Champagner an. Eigentlich ist nicht viel dran an den Bildern, aber man kann sich ja leicht denken, wie viel Halligalli die beiden im Lauf der Jahre miteinander getrieben haben.«

»Du meinst, dass Carlander Marklund herumgekriegt hat, und der wiederum die Wirtschaftsministerin?«, fragte Frau Johansson.

»Nicht ausgeschlossen«, sagte die Bürgermeisterin. »Oder die Überzeugungskampagne ist womöglich noch im Gange.«

»Was können wir dagegen machen?«, fragte Peter der Kleine.

»Nicht viel«, seufzte Harriet.

»Doch, wir können eine ganze Menge tun«, sagte Frau Johansson.

Sie habe da nämlich eine Idee.

Julia hoffte im eigenen Interesse, dass besagte Idee nicht zu schräg ausfiel. In den ersten paar Wochen ihrer Amtszeit hatte sie bereits ein Haus in die Luft gesprengt, eine kommunale Immobilie hinter dem Rücken des Gemeinderats verkauft, die Schulbildungsstrategie der Gemeinde umorientiert, ohne ihren Beschluss irgendwo zu verankern, schulpflichtigen Kindern freigegeben – und insgeheim den gesamten Halstaholmer Bebauungsplan umzeichnen lassen. Das und noch ein bisschen mehr.

»Darf man hoffen, dass Ihre Idee in eine verträgliche Richtung geht, Frau Johansson?«, sagte sie.

»Die Hoffnung stirbt zuletzt. Ich hab mir gedacht, wir sollten in die Pizzeria einbrechen«, antwortete die alte Dame mit dem Rollator.

Die beherzte Bürgermeisterin schloss beide Augen und öffnete sie wieder.

»Einbruch ist eins der wenigen Vergehen, die ich noch nicht begangen habe«, sagte sie. »Also, was soll's?«

Der Consultant und
der nützliche Idiot

Zu seiner eigenen Überraschung stand Kenneth Carlander pünktlich vor dem Eingang der Absteige, in der er genächtigt hatte. Er wartete auf Hasse Eriksson, der ihm als Auftakt für die gemeinsame Entwicklung einer Strategie, Julia Bäck zu Fall zu bringen, eine Führung durch Halstaholm versprochen hatte.

Besser gesagt: Natürlich musste Carlander die Strategie entwickeln, denn der Eingeborene verfügte gar nicht über eine derartige Kapazität. Der Consultant hatte Hasse Erikssons Persönlichkeit bereits am Vorabend in der Pizzeria durchschaut. Bei nützlichen Idioten brauchte man nur in allen Situationen die richtigen Fäden zu ziehen, um den eigenen Willen durchzusetzen. Daher war der Protestpolitiker jetzt davon überzeugt, dass es für Halstaholm das Beste wäre, wenn *Traumbett* sich *nicht* dort niederließ. Sonst würde Julia Bäck womöglich die Heldin des ganzen Landkreises und bekäme mit ihrer Partei bei der nächsten Wahl mindestens neunzig Prozent Stimmenanteil. Dann würde das Hallenbad *nie* wieder ein Hallenbad und die ganze Kommune von Ausländern überschwemmt werden. Hasse Eriksson und seine Halstaholm-Partei waren doch die Zukunft der Region. Damit die Region das verstand, musste in allererster Linie die neue Bürgermeisterin weg vom Fenster!

So deichselt man das Ding, dachte der Consultant zufrieden.

Kenneth setzte die Sonnenbrille wieder auf und strich sich den Anzug glatt. Er musste ja nicht wie ein Dorftrottel aussehen, nur weil er sich zufällig unter Dorftrotteln aufhielt.

Ein Auto fuhr vor. Hasse Eriksson öffnete ein Seitenfenster und rief: »Guten Morgen! Los, spring rein, dann fahren wir! Übrigens, danke für gestern!«

Reinspringen? In einen minderwertigen, nicht mehr ganz taufrischen Mitsubishi Colt? Im Leben nicht.

»Wir nehmen lieber meinen Schlitten«, sagte Kenneth Carlander. »Gleich hier um die Ecke. Du erkennst ihn, wenn du ihn siehst.«

Er war zwar nicht stocknüchtern, dafür aber nach dem morgendlichen Konterbier schon einigermaßen in Form. Ein angeheiterter Chauffeur war bekanntlich immer der beste Fahrer.

Der nicht mehr ganz nüchterne Consultant saß also am Steuer seines Porsche, und der Protestpolitiker dirigierte ihn vom Beifahrersitz aus. Die Fahrt ging zuerst an der Bücherei und der Büste vorbei, die die Bürgermeisterin ohne Baugenehmigung dort hatte hinknallen lassen.

»Wer soll das sein?«, wollte Kenneth Carlander wissen.

»Günter Grass«, sagte Hasse Eriksson.

Als eine unmittelbare Reaktion ausblieb, ergänzte er: »Berühmter Deutscher.«

»Wie Franz Beckenbauer?«

»So was in der Art.«

Weiter ging es zum Angela-Merkel-Rondell mit seinem Blumenbeet in passenden Farben.

»Ist die nicht im Ruhestand?«, sagte Kenneth Carlander.

»Weiß nicht«, sagte Hasse Eriksson. »Ich weiß bloß, dass Julia Bäck Straßen und Kreisverkehre nicht einfach nach Lust und Laune umbenennen kann.«

Der Consultant gab ihm recht. Na, wenn das nichts war: Jetzt brauchten sie bloß im Gesetzestext zu blättern und den passenden Paragrafen zu finden. Vielleicht *Amtsmissbrauch*? Oder zumindest *Amtsanmaßung*.

Als sie an der Reifenfabrik ankamen, verzog der Consultant das Gesicht. Das Gebäude war ja riesengroß und allem Anschein nach perfekt für die Bedürfnisse von *Traumbett* geeignet, weil es so länglich war.

Seit der Begegnung der Bürgermeisterin mit dem Herrn Doktor vor der Fabrik hatte Harriet nicht nur der DDR-Fahne ein Upgrade durch ein anderes, upgedatetes Exemplar verpasst, sondern es auch geschafft, die anderen fünf Fahnenstangen an der einen Längsseite der Fabrik in Betrieb zu nehmen. Kein schlechter Schachzug, musste Kenneth neidvoll anerkennen, während Hasse Eriksson schnaubte: »Was gibt es an der *schwedischen* Fahne auszusetzen?«

Der nützliche Idiot checkte wirklich rein gar nichts.

»Ist nicht hier irgendwo ein Haus in die Luft geflogen?«, fragte Carlander.

Hasse zeigte auf die Anhöhe, wo die Überreste von etwas, das einst ein rotes Holzhäuschen gewesen war, noch zu sehen waren.

»Ich habe in der Sache etwas nachgeforscht«, sagte er und plusterte sich vor dem Stockholmer auf. »Die Polizei hat es als Gasunfall abgetan, genau wie von Bolmgren angegeben.«

»Bolmgren?«

»Der, der jetzt plötzlich das Schwimmbad mietet und in eine Bierstube umwandelt! Noch dazu eine *deutsche*!«

Kenneth Carlander dachte, dass es merkwürdigere Dinge auf der Welt gab als die Kombination von Bierstube und Deutschland, behielt das aber für sich.

»Wollen wir hingehen und ein wenig in den Trümmern herumstochern?«

»Warum?«

»Tja, man kann nie wissen.«

Das Herumstochern in dem, was bis vor Kurzem das Heim des alten Bolmgren gewesen war, förderte Reste eines *Elektroherds* zutage. Wer besaß denn einen Elektroherd, wenn er eine Gasleitung und damit höchstwahrscheinlich auch einen Gasherd hatte ...? Noch dazu in einer kleinen Hütte. Dennoch ließ sich daraus nicht mit Sicherheit schließen, dass es sich um Brandstiftung handelte, denn was bei einem Gasunfall mehr als alles andere in die Luft fliegt, ist ja logischerweise der Gasherd selbst.

Aber eins nach dem anderen. Die Indizienkette gegen die Bürgermeisterin zog sich allmählich immer fester zusammen.

»Und jetzt fahren wir zur Schule«, erklärte Kenneth.

»Warum?«, wiederholte sich Hasse Eriksson.

»Um dem Direktor dort einen Schrecken einzujagen. Weißt du, wie er heißt?«

»Gunilla Malm«, sagte Hasse Eriksson.

Allabendliche Anrufe

Julia und Konrad telefonierten seit gut einer Woche jeden Abend miteinander. Offiziell aus geschäftlichen Gründen, aber die Gespräche wurden von Mal zu Mal länger, und es ging darin schnell um viel mehr als nur um die *Traumbett*-Niederlassung in Skandinavien.

Unter anderem wusste Julia nun, dass die Mutter von Maren und Marie vor vier Jahren bei einem Verkehrsunfall ums Leben gekommen war, den ein Fahrer mit drei Promille Alkohol im Blut verursacht hatte. Das war so tragisch, dass sich der Magen der Bürgermeisterin verkrampfte.

Konrad wiederum wusste mittlerweile, dass Julia jahrelang mit Magnus zusammengewohnt hatte, aber wie so viele andere war der nach Stockholm gependelt, als er seine Arbeit in Halstaholm verloren hatte. Immer öfter hatte Magnus in der Hauptstadt übernachtet, bis er eines Tages mit einem Aquarium samt Fisch als Geschenk plus der Beichte nach Hause gekommen war, dass er eine Geliebte in Stockholm gehabt hatte, mit der er nun Schluss gemacht habe; er wollte, dass sie neu anfingen.

»Wie schrecklich!«, sagte Konrad. »Was hast du gemacht?«

»Den Freund rausgeschmissen und den Fisch behalten«, sagte Julia.

Die Bürgermeisterin und der Juniorchef fanden sich auch

in ihrer gemeinsamen Liebe zu Paris. Beide lachten herzlich über die Idee, sich dort mal im Frühling zu treffen, solange es nur nicht mit der Fabrikneueröffnung kollidierte.

Doch in jedes Gespräch mischte sich notgedrungen auch der Ernst des Lebens. Konrad sagte, er habe den Eindruck, Julia verstünde, dass er sich nun mal einfach nicht für Halstaholm entscheiden könne, wenn die neue Stammbahnstrecke anderweitig verlaufe. Sie stimmten überein, Paris hin oder her, doch sie beide seien der innersten Überzeugung, dass ein Juniorchef in Frihamnen und eine Bürgermeisterin in Halstaholm nicht hin und her pendeln würden, um ihre Freundschaft zu vertiefen. Mit Umsteigen in Södertälje und allem.

Bei ihrem letzten Gespräch erzählte Konrad, dass er erst tags zuvor mit einem Staatssekretär im schwedischen Wirtschaftsministerium telefoniert habe. Auf die Frage, warum die Pressekonferenz um eine Woche verschoben wurde, habe der ausweichend geantwortet.

Julia hatte das Gefühl, dem Deutschen nichts mehr vorflunkern zu können. Dafür mochte sie ihn zu sehr. Aber ein kleines bisschen Flunkern konnte die Dinge wohl kaum noch schlimmer machen, als sie ohnehin schon waren, oder?

Folglich spielte sie Theater und versicherte Konrad, er könne vollkommen unbesorgt sein. Am nächsten Donnerstag würden sie beide alles schwarz auf weiß in Händen halten.

Konrad erinnerte sie daran, dass er und die Mädchen genau an diesem Tag mit dem Consultant und der Finanzsenatorin in Frihamnen verabredet waren.

»Wie gut!«, sagte Julia, immer noch mit gespielter Selbstsicherheit. »Das gibt dir Gelegenheit, dich in persona von ihnen zu verabschieden. Bestimmt wissen sie so eine Respektsbekundung zu schätzen.«

»Und dann nichts wie ab zu dir und den Vertrag abschlie-ßen, das meinst du doch, oder?« Der Juniorchef lachte.

»Eigener Bootssteg, Konrad! Nur mit einem eigenen Bootssteg hat man es zu etwas gebracht im Leben!«

Gemeinderatsversammlung

Neunzehn Mitglieder saßen auf ihren Plätzen zu beiden Seiten des langen Tisches. Als zwanzigstes die Bürgermeisterin Julia Bäck am Kopfende. Der fünfte Stuhl auf der linken Seite war noch leer.

Julia blickte auf die Uhr.

»Ich würde sagen, jetzt können wir anfangen. Hasse Eriksson scheint anderweitig beschäftigt zu sein.«

Da schneite der Protestpolitiker zur Tür herein.

»Irgend so ein Arschloch hat meinen Parkplatz geklaut!«

»Meinst du deinen Behindertenparkplatz? Bitte nimm Platz, damit wir mit der Sitzung anfangen können, wir haben eine Menge auf der Tagesordnung.«

Hasse hatte Julia lange nicht mehr gesehen; jetzt fiel es ihm wie Schuppen von den Augen, wie attraktiv sie war.

»Meine Herren, da haben wir ja eine flotte Biene am Kopfende und nicht mehr den alten Ziegenbock wie vorher!«

»Der Ziegenbock lässt durch die flotte Biene ausrichten, dass der Esel das Maul halten soll«, entgegnete Julia.

Und dann peitschte sie die ersten Punkte mit Eröffnung und Begrüßung, Feststellung der Beschlussfähigkeit, Genehmigung der Tagesordnung, des Protokolls der letzten Sitzung und so weiter durch, bis sie an den Beschlussfassungspunkten angelangt war.

Die findige Bürgermeisterin klickte den von Bosse Boule frisch gezeichneten Bebauungsplan auf den großen Monitor.

»Also den hier erkennt ihr natürlich alle wieder bis auf Hasse, du bist ja neu hier.«

Niemand erkannte irgendetwas wieder, was niemand zugab.

»Zunächst möchte ich Frau Slavic für die ausgezeichnete Vorarbeit und den wohlüberlegten Vorschlag danken. Können wir zur Beschlussfassung schreiten?«

Vesna Slavic war sich fast sicher, dass sie da eben ihren Namen gehört hatte.

»Was habe ich jetzt gemacht?«, fragte sie unsicher.

Julia lächelte. »Vergessen ist menschlich, Frau Slavic. Aber nun ist es höchste Zeit, dass die Ratsversammlung zu Ihrem Vorschlag Stellung nimmt.«

Ein Lächeln trat auf Vesna Slavics Lippen.

»In meiner Kindheit in Belgrad haben wir immer vergessen, rechtzeitig nach Hause zu kommen. Auweia, wie Mama da mit uns geschimpft hat …«

Die Ratsvorsitzende dankte der Antragstellerin für ihren klärenden Beitrag.

»Können wir damit zur Abstimmung über Vorschlag 17.03 kommen?«

Niemand im ganzen Saal wusste, was der Vorschlag 17.03 beinhaltete.

»Alle, die *dafür* sind, heben die Hand.«

Neunzehn Hände fuhren hoch. Die neunzehnte gehörte Frau Slavic, die nicht mitgekommen war, sich dann aber anschloss, als sie sah, was alle anderen taten. Zwanzig Hände einschließlich Julias.

»Gegenstimmen?«

»Halt, das geht mir zu schnell!«, sagte Hasse Eriksson, ohne die Hand zu heben.

»Zwanzig Ja-Stimmen, keine Gegenstimme und eine Enthaltung«, sagte Julia und schlug den Hammer auf den Tisch. »Ich halte fest, dass die Ratsversammlung Folgendes genehmigt hat: den neuen Bebauungsplan, den neuen Kreisverkehr und die Vermietung beziehungsweise Verpachtung des Hallenbads mit dazugehöriger Schanklizenz. Noch Fragen, oder können wir alle in den Feierabend gehen?«

Hasse Eriksson sprang empört auf.

»Was hast du da eigentlich alles in den einen Beschluss gepackt? Das ist ja kriminell!«

Julia maß den Protestpolitiker in aller Seelenruhe mit Blicken. »Wie gesagt, du bist neu, aber das kreiden wir anderen dir nicht an. Alle hier haben natürlich das Kleingedruckte gelesen, außer dir, wie man sieht. Du warst vielleicht zu sehr mit Falschparken beschäftigt?«

Einige kicherten in sich hinein, andere lachten. Frau Slavic erläuterte, in ihrer Kindheit in Belgrad hätten *alle* falsch geparkt.

Aber Hasse Eriksson wollte sich nicht geschlagen geben. »Du hast keine Baugenehmigung für diese Statue vor der Bücherei, du verdammte Hexe!«

Binnen Minuten von der Biene zur Hexe. Aber an die Sache mit der Baugenehmigung hatte Julia tatsächlich nicht gedacht. Am besten löste man so etwas wohl, indem man das fragliche Bauwerk zu einer mobilen Installation machte?

»Ach, weißt du, die steht auf Rädern. Und es ist eine Büste, keine Statue.«

Wobei sie sich eine gedankliche Notiz machte, direkt nach der Versammlung die Bibliothekarin anzurufen und zu bitten, Räder unter Günter Grass zu montieren.

Nachtschicht

Es war ein langer Tag gewesen. Und dann der nicht weniger lange Abend mit der Gemeinderatsversammlung. Jetzt erwartete sie noch die Nachtschicht.

Währenddessen brachte Konrad Kaltenbacher seine Töchter ins Bett, um sie tags darauf besonders früh zu wecken. Auf die drei wartete eine neue lange Autofahrt nach Stockholm, Übernachtung im Grand Hôtel und ein letztes entscheidendes Meeting in Frihamnen am nächsten Morgen.

»Halstaholm, Papa«, war das Letzte, was Maren sagte, bevor ihr die Augen zufielen.

»Genau«, murmelte Marie.

Konrad fand, dass das Leben es ihm da gerade unnötig schwer machte. Er hatte kein gutes Gefühl, was die beiden Stammbahnstrecken-Alternativen anging.

Zu gleicher Zeit bei Peter dem Kleinen in Halstaholm. Der Junge stopfte Köttbullar mit Kartoffelbrei in sich hinein.

»Du isst Fleischbällchen wie ein echter Schwede!«, sagte seine Mutter auf Deutsch.

»Ich *bin* ein echter Schwede, Mama«, antwortete Peter der Kleine in derselben Sprache. Um gleich darauf aufs Schwedische umzuschalten: »Mindestens halb so echt wie Papa und doppelt so echt wie du.«

Die Eltern lächelten ihrem wohlgeratenen Sohn zu. Sie hatten ein dauerhaft schlechtes Gewissen, weil sie wegen der Arbeit so wenig zu Hause waren.

»Das ist das Rezept von der schwedischen Oma«, sagte Peters Papa auf Schwedisch. »Ich muss sagen, dass du ihr Andenken in Ehren hältst. Bei wie vielen Klößchen bist du jetzt angelangt? Fünfzehn?«

»Ich bin im Wachstum, Papa!«

Was der Sohn für sich behielt: dass er sich in Anbetracht der Nacht, die vor ihm lag, besonders stärken wollte.

Seine Mama sagte in gebrochenem Schwedisch: »Papa und ich müssen morgen ganz früh zur Arbeit fahren. Bist du dir sicher, dass du allein aufstehen und zur Schule gehen kannst?«

»Aber, Mama!«, sagte Peter auf Deutsch und fiel gleich darauf ins Schwedische. »Das mach ich doch jeden Morgen!«

Dann täuschte er ein Gähnen vor, wischte sich mit der Serviette den Mund und stand auf. »Danke fürs Essen, aber jetzt müsst ihr mich entschuldigen: Es ist spät, am besten, ich hau mich hin.«

»Schon?«, sagte seine Mutter. »Vergiss nicht, die ...«

»... Zähne zu putzen«, sagte Peter. Er kannte seine Mutter.

Oben in seinem Zimmer wartete er hinter geschlossener Tür, bis es im Haus ruhig geworden war. Dann zog er sich warme und dunkle Sachen an, schmierte sich Ruß ins Gesicht und steckte seine Taschenlampe ein, ehe er vorsichtig das Fenster zum Hof öffnete.

Die Leiter hatte er aufgestellt, lange bevor die beiden nach Hause gekommen waren. An der Hausrückseite fiel eine Leiter im dunklen November nicht weiter auf.

Etwa gleichzeitig befielen Bosse Boule einige Kilometer entfernt noch mehr Selbstzweifel als sonst üblich. Er liebte seine Maja, aber das Vorhaben dieser Nacht musste bei strengster Geheimhaltung durchgeführt werden. Die städtische Taskforce wollte sich ans Werk machen, die langfristige Verkehrsplanungsstrategie der schwedischen Regierung für den landesweiten öffentlichen Personennahverkehr umzulenken. Es ging um Milliarden von Kronen und würde Millionen von Menschen für die nächsten gut hundert Jahre betreffen.

»Eine Stadtplanungssitzung mitten in der Nacht?«, fragte Maja. »In letzter Zeit bist du quasi rund um die Uhr beschäftigt.«

Aber sie lächelte immerhin, als sie das sagte. Sie wusste ja, wie viel ihm die Aktivitäten für *Traumbett* bedeuteten. Noch dazu ehrenamtlich und alles.

Bosse verzichtete auf eine Antwort, um nicht noch weiter lügen zu müssen. Stattdessen gab er seiner Frau ein Küsschen und ging.

Treffpunkt genau um Mitternacht vor dem Rathaus. So hatten sie es abgemacht. Julia war mit ihrem ansonsten eher selten benutzten Volvo V70 gekommen. Peter der Kleine war auch schon da.

»Du bist ja ganz schwarz im Gesicht, was hast du gemacht?«, fragte Julia.

Peter erklärte, er habe auf Netflix gesehen, dass man sich vor nächtlichen Kriegseinsätzen das Gesicht mit Ruß schwärzen solle. Besonders wichtig bei Vollmond.

»Gute Idee«, sagte Julia und dachte sich, bei den dicken dunklen Regenwolken, die gerade zwischen Himmel und Erde hingen, sei es schlecht festzustellen, ob Vollmond war oder nicht.

Fehlte noch Frau Johansson. Es wurde fünf und dann zehn nach zwölf. Sie verspätete sich doch sonst nie?

Schließlich war im Dunkeln dann doch das unverkennbare Quietschen ihres Rollators zu hören, eine ganze Weile bevor sie aus den Schatten hervortrat.

»Entschuldigt, aber ich hab wie verrückt nach den langen Unterhosen meines Mannes gesucht, bis ich sie endlich gefunden habe!«

»Hätten Sie ihn nicht fragen können?«, sagte Peter der Kleine.

»Er ist seit zwanzig Jahren tot, Peter.«

Die Gruppe war vollzählig, auch Bosse war da, die nächtliche Aktion konnte losgehen. Nun ging es erst mal ans Einbrechen.

Die ehemalige Museumsleiterin hatte sich genau überlegt, wie sie dabei vorgehen sollten und vor allem warum.

»Das ist schon fast wie eine mathematische Gleichung«, hatte sie festgestellt und dann zu unnötig langen, umständlichen Erklärungen angesetzt.

Sie hatten die Regierung ja nun im Verdacht, sich ursprünglich für Alternative 1 entschieden zu haben. Mit Sicherheit war die fragliche Alternative unter Geheimhaltung bereits einem Stresstest unterzogen worden, um späteren Verteuerungen und Rückschlägen vorzubeugen.

Aber wenn man sich nun genauso heimlich, still und leise in letzter Sekunde umentschieden hatte, war garantiert keine Zeit für einen neuen Stresstest gewesen. Das bedeutete natürlich, dass keine Bodenproben entlang des Streckenverlaufs von Alternative 2 entnommen worden waren, um Teeröl oder andere Gifte von früher nachzuweisen, die eine aufwendige Sanierung erforderlich machen würden.

Eine überraschende Entdeckung in letzter Sekunde wäre daher nicht so überraschend, dass sie unglaubwürdig daherkäme.

Als Frau Johansson – noch am Nachmittag – mit ihrer Erzählung so weit gekommen war, war Julia schon halb zur Tür raus, um ein Fass mit Teeröl aufzutreiben. Aber die alte Dame konnte sie mittels geschickten Einsatzes ihrer Greifzange gerade noch rechtzeitig aufhalten.

»Wir wollen doch nicht die *Natur* vergiften, Julia! Setz dich wieder und hör es dir erst mal zu Ende an.«

Die Bürgermeisterin fügte sich widerstrebend.

Es sei nämlich so, dass es kaum andere Orte in Schweden gebe – bis auf Gotland –, wo im Lauf der Jahrhunderte so viele Schätze aus der Steinzeit, Bronzezeit und Eisenzeit gefunden worden seien wie in Halstaholm. Daher das Archäologische Museum. Alle Leute fanden die Behausungen, Silberschätze und Begräbnisstätten besonders spannend.

Doch als dem Museum in Halstaholm genügend Schilder, Wikingerhelme und Silbermünzen von genau der gleichen Machart zugeführt worden waren, platzte es aus allen Nähten. Die Museumsleiterin musste die überzähligen Bestände auf dem Dachboden lagern.

Und dann kam es eben, wie es kam. *Halstadäck* ging pleite, Frau Johansson in Rente, und der Bürgermeister Torsten schloss das Museum und verkaufte die Räumlichkeiten an den Griechen, der eine Pizzeria eröffnete. Die Museumsstücke wurden nach Stockholm geschafft.

Bis auf diejenigen auf dem Dachboden!

»Ich bin mir ziemlich sicher, dass sie bis zum heutigen Tag am alten Platz sind«, sagte Frau Johansson. »Und ich habe bereits diskrete Erkundigungen eingezogen: Mit meinem alten Museumsschlüssel lässt sich die Eingangstür des Pizzabäckers problemlos öffnen.«

Endlich begriff Julia!

»Sie sind ein Genie, Frau Johansson! Aber mussten Sie wirklich den Umweg über das Teeröl nehmen?«

Die ehemalige Museumsleiterin erklärte lächelnd, sie habe den großen Moment so lange wie möglich hinauszögern wollen.

So fügte es sich, dass die Taskforce nun im Dunkeln vor der Pizzeria stand, um einen Einbruch zu begehen, den hinterher niemand auch nur bemerken würde. Rasch zur Tür hinein, noch rascher auf den Dachboden rauf, einen Jutebeutel mit historischen Artefakten füllen, raus aus dem Haus und hinter sich abschließen. Der Pizzabäcker würde am nächsten Tag keinen einzigen Champignon, nicht einmal ein Basilikumblättchen vermissen. Kurzum, er würde nie erfahren, was ihm passiert war. Sofern es ihn überhaupt tangierte.

Alles lief nach Plan. Als Nächstes machten sie sich in östlicher Richtung auf, zu den genauen Koordinaten, die Julia gegoogelt hatte. Mithilfe von Peter des Kleinen Taschenlampe und Julias mitgebrachtem Spaten vergruben sie den Schatz an einer Stelle, wo er auf gar keinen Fall von jemandem gefunden werden durfte, der genau dort Eisenbahngleise verlegen wollte. Sie ließen die Spitzen des Wikingerhelms aus der Erde ragen und verstreuten ein paar Silbermünzen auf dem Lehmboden. Zum Schluss fegte Julia ihrer aller Fußspuren sauber weg, ehe sie einen mitgebrachten Wildschweinfuß aus der Manteltasche zog.

»Wo hast du den bloß her?«, fragte Bosse Boule beeindruckt.

»Ich bin eine vielseitig begabte Frau«, sagte Julia lächelnd, ohne zuzugeben, dass ihr Ex-Freund den zu ihrer Verlobung einmal von seinen Kumpels bekommen hatte, mit der Botschaft, der Fuß solle ihn mahnen, sich nicht mehr wie ein Schwein zu benehmen. Junggesellenhumor der übelsten Sorte. Ganz abgesehen davon, dass es zwecklos gewesen war.

Doch jetzt kam er wie gerufen. Julia legte damit gut sichtbare Spuren im matschigen Boden. Natürlich mit einem Hintergedanken in Schlagzeilenform:

Wildschweinschnauze fördert
sensationellen Wikingerschatz
in Sörmland zutage

Die nächtliche Geheimoperation war um zwei Uhr beendet. Eine halbe Stunde später traf die Gruppe wieder in Halstaholm ein. Frau Johansson schob zu sich nach Hause ab. Peter der Kleine kletterte die Leiter wieder hinauf. Bosse Boule schaffte es, seine Frau nicht zu wecken. Bald schliefen alle drei tief und fest im eigenen Bett.

Nur Julia saß einigermaßen erschöpft auf ihrem Wohnzimmersofa, nachdem sie sich ein Glas Roten eingeschenkt und das Aquarium mit dem Fisch angeknipst hatte.

»Hast du schon geschlafen?«, fragte sie den Guppy. »Ich wollte eigentlich bloß sagen, dass du endlich einen eigenen Namen bekommst, wenn wir dieses Ding ins Ziel bringen. Du sollst *Wikinger* heißen. Gefällt dir das?«

Vielleicht lag es an ihrem Erschöpfungszustand, vielleicht passierte es wirklich: Julia hatte den Eindruck, dass Wikinger nickte!

Das Genie schlägt wieder zu

Jetzt ging es ans Eingemachte. Kenneth Carlander hatte eine lange Liste mit definitiven und mutmaßlichen Gesetzesverstößen, die von Julia Bäck ausgingen. Nicht dass er sich das zunutze machen müsste, denn Hannes Marklund im Wirtschaftsministerium hatte durchblicken lassen, er habe es hinbekommen, dass die Alternative 1 zu Alternative 2 geworden sei.

Laut Kenneth Carlander stand zweifelsfrei fest, dass er ein Genie war. Das Finale unten in Halstaholm war besonders lustig gewesen. Zusammen mit dem nützlichen Idioten Eriksson hatte er die Direktorin Gunilla Soundso aufgesucht und gegen die Wand gedrückt. Also bildlich gesprochen. Körperliche Gewalt war für solche, die kein Hirn zum Kämpfen hatten.

Er hatte sich als Anwalt ausgegeben und vertrackte Fragen nach der Schulpflicht gestellt und danach, auf wessen Anweisung ganze Jahrgangsstufen von der lebenswichtigen Bildung entbunden worden seien, um stattdessen ein Fußballspiel auszutragen oder zu bejubeln.

Nach den zunächst stammelnden und ausweichenden Antworten hatten schließlich alle Spuren zu – genau der – Julia Bäck geführt.

Der Consultant musste zugeben, dass ihm diese Bürgermeisterin trotz all ihrer dilettantischen Fehler auf gewisse Art ein klein wenig imponierte. Ihre Charmeoffensive hätte ihn ja beinahe zu Fall gebracht. Einzig und allein seine herausragende Begabung hatte die Situation noch mal gerettet!

Da er seine drei Millionen Kronen Beraterhonorar so gut wie sicher in der Tasche hatte, beschloss er, ein bisschen was vom Geld dafür springen zu lassen, das Finale so grandios wie möglich zu gestalten.

Er knöpfte sich den Laufburschen vor, den er gelegentlich für einfachere Aufgaben einsetzte, und befahl ihm, die Außenmauern der Fabrikhalle in Frihamnen mit schwarz-rot-goldenen Farben zu behängen, Kaltenbacher und seinen Kakerlaken bei ihrer Ankunft deutsche Bratwurst vorzusetzen sowie im passenden Augenblick eine Statue oder Büste von Franz Beckenbauer zu enthüllen. Wenn sich der Scheißdeutsche vor Begeisterung nicht mehr einkriegte, konnten er und Ingela Franzén sich an Carlanders vorsorglich bereitgestellten Schreibtisch setzen und mit ihm den Vertrag unterschreiben.

Leider Gottes war Carlander von Idioten umgeben, doch das war ihm schon länger klar. Der Laufbursche rief zurück und sagte, er finde keine Statue von Franz Beckenbauer.

»Aber eine Büste doch wohl?«, sagte Kenneth Carlander. »Wie schwer kann das sein? Scheiße, der ist in hundert Länderspielen für die deutsche Nationalmannschaft angetreten!«

»Hundertdrei«, sagte der Laufbursche. »Aber es sieht nicht so aus, als ob sie deswegen eine Statue oder Büste aus ihm gemacht hätten. Jedenfalls ist nichts zu haben.«

»Dann nimm irgendeinen anderen Scheißdeutschen!«

»Wen zum Beispiel?«

»Egal wen, verdammt noch mal, solange er nur berühmt ist! Außer Günter Grass. Sonst noch was, bevor ich dich wegdrücke? Ich hab hier nämlich alle Hände voll damit zu tun, Weltbewegendes zu erreichen, und da kommst du an und störst mich mit Scheißkleinkram!«

Nein, sonst war da nichts. Der Laufbursche fragte sich bloß, ob es irgendwelche speziellen Anweisungen gebe für das Servieren der Bratwurst, wenn der Deutsche und die Finanzsenatorin eintrafen.

»Was willst du mir damit sagen? Brauchst du einen Rat, wie scharf der Senf sein soll?«

»Nein, ich hab nur gedacht ... wir haben doch letztes Jahr bei deinem Sommerfest auf der Jacht so was Ähnliches gemacht. Soll ich ...?«

Jetzt wurde es Carlander zu bunt: »Ich bin hier schwer damit beschäftigt, sämtliche Finanzprobleme der schwedischen Hauptstadt auf die nächsten zwanzig oder fünfzig Jahre zu lösen, und da verwickelst du mich in ein Gespräch über Senf!«

»Nein, du hast doch ...«

Weiter war der Laufbursche nicht gekommen, da hatte Carlander ihn schon weggedrückt. Und so kam es, wie es kommen musste.

* * *

Herr Dr. Kaltenbacher und seine Töchter wohnten wie üblich im Grand Hôtel, nur zwei Häuserblocks weiter von der Fünfzimmerwohnung der Finanzsenatorin auf Östermalm. Der deutsche Unternehmer hatte Ingela Franzén daher freundlicherweise angeboten, sie in seinem Auto nach Frihamnen mitzunehmen. So konnten sie außerdem schon unterwegs miteinander plaudern. Daher trafen sie ungefähr zeitgleich mit der Textnachricht ein, in der Kenneth Carlander Ingela Franzén informierte, dass er sich aufgrund aller möglichen Pleiten, Pech und Pannen verspätete.

Das Erste, was Kaltenbacher, Franzén und die Mädchen am Ziel erblickten, war eine vollkommen schwarz, rot und gold verkleidete Fabrikfassade.

»Wie schön!«, stellte Konrad Kaltenbacher ehrlich fest.

Aber als sie aus dem Auto stiegen, kam eine brustvergrößerte Bikinischönheit angetrippelt, einen Bauchladen mit Würsten umgehängt. Wie Carlanders Laufbursche ihr eingetrichtert hatte, säuselte sie auf Englisch: »Wer möchte eine Bratwurst und dazu vielleicht ein Küsschen?«

Beim letzten Sommerfest auf der Jacht waren die Würste der Renner gewesen. Der Laufbursche, der sich im Hintergrund hielt, sah zu seiner Verwunderung, dass das Wurstmädel mit den Riesenbrüsten nicht gut ankam. Also zog er blitzschnell an der Schnur, um die Büste zu enthüllen, die er an einer strategisch günstigen Stelle am Eingang zur Fabrikhalle platziert hatte. In Ermangelung von Franz Beckenbauer und unter ausdrücklichem Verbot, Günter Grass zu verwenden (wer auch immer das war), war seine Wahl gefallen auf:

Karl Marx.

Herr Dr. Kaltenbacher schwieg weiterhin, wohingegen die Finanzsenatorin sich nun den Laufburschen vorknöpfte und ihn fragte, ob er wisse, wo Kenneth Carlander steckte, und ob er zufällig eine geladene Pistole dabeihabe, die er ihr leihen könne.

Als Nächstes piepsten im ganzen Land die Handys mit der Push-Nachricht über einen sensationellen archäologischen Fund im östlichen Sörmland: Münzen und Helme, von Wildschweinen ausgebuddelt, stellten alle bisherigen Forschungserkenntnisse auf den Kopf, was die zeitliche und räumliche Ausbreitung der Wikinger anging. Der Leiter der staatlichen Mittelaltersammlung hatte sich bereits zu Wort gemeldet. Anlässlich der angekündigten Regierungs-Pressekonferenz, die in Kürze stattfinden sollte, stellte man ihm natürlich auch die Frage zur neuen Stammbahn, deren Strecke ja eventuell genau über die Fundstelle verlaufen solle.

Worauf der Experte erwiderte, Altertum und Gegenwart dürften sich in unseren Breitengraden nicht in die Quere kommen. Es sei nicht das erste Mal, dass es zu solch einem Interessenskonflikt komme. Der Fund müsse die etwaigen Regierungspläne an dieser Stelle keineswegs beeinträchtigen. Freilich könne es nicht ausbleiben, dass es zu einer gewissen Verzögerung kommen werde. Nach Schätzung des Mittelaltersammlungsleiters wiederum konnten die Ausgrabungen mit absoluter Sicherheit bereits im kommenden Frühjahr begonnen und zwölf bis vierundzwanzig Monate später abgeschlossen sein. Falls, ja falls es nicht zu weiteren, unerwarteten Funden käme. Dass sich die Stammbahn – falls sich die Regierung überhaupt für diese Strecke entschied – länger als drei Jahre verzögern würde, konnte sich der Sammlungsleiter nur schwer vorstellen.

* * *

Zwölf Minuten vor der angekündigten Pressekonferenz zum Regierungsbeschluss hinsichtlich der Bahnverkehrsstrategie für die nächsten fünfzig bis hundert Jahre enterte die wütendste Wirtschaftsministerin aller Zeiten Hannes Marklunds Büro.

Ayeh Mehdizadeh befahl ihrem Staatssekretär, sich sofort wieder zu setzen, als sie sah, dass er Anstalten machte, aufzustehen.

»Drei Jahre!«, rief sie. »Kapierst du überhaupt, wie viele Wahlen in drei Jahren stattfinden können?«

»Eine?«, versuchte es der Staatssekretär.

»Klappe!«, herrschte ihn Ayeh Mehdizadeh an. »In zwölf Minuten müssen wir den sorgfältig durchdachten Regierungsbeschluss präsentieren.«

»Jetzt sind es wohl nur noch elf Minuten«, sagte Hannes Marklund.

»Hab ich dir nicht gerade gesagt, du sollst die Klappe halten? Du hast genau elf Minuten, um Alternative 1 aus der Versenkung zu holen, damit ich vor der versammelten Presse deren Sieg verkünden und behaupten kann, sie wäre die ganze Zeit unsere erste Wahl gewesen.«

Hannes Marklund rang um Worte. Das war alles so plötzlich gekommen.

»Aber ein oder zwei Wikingerhelme …«, setzte er an.

»Die Pressekonferenz beginnt in zehn Minuten!«, sagte Ayeh Mehdizadeh. »Habe ich bis dahin einen fertigen Präsentationstext für die Alternative 1, oder bist du dann unterwegs zum Flughafen Arlanda, um dich zum Dienst als dritter Botschaftssekretär in Kirgistan zu melden?«

»Haben wir dort eine Botschaft?«

»Wenn es sein muss, eröffnen wir eine.«

* * *

Dann, neuneinhalb Minuten vor der Liveübertragung der Pressekonferenz, klingelte es bei Julia zu Hause an der Tür. Es ging auf elf Uhr vormittags zu, aber nach nervösem Warten war der Wikingerschatz im Morgengrauen gefunden worden, und seither war die Hölle los gewesen.

Zum Abschluss eines langen Tages schenkte sich Julia gern ein Gläschen Wein ein, aber diesmal hatte sie bereits vor elf Uhr vormittags ein Glas bis zum Rand gefüllt. Entweder zur alsbaldigen Feier des Tages oder um zu gleicher Zeit ihren Kummer zu ertränken.

Und genau da klingelte es an der Tür. Sie ging, um aufzumachen.

»Magnus?«

»Hallo, mein Schatz! Ich war sozusagen grade in der Nähe ...«

Julia warf ihm einen finsteren Blick zu. »Niemand kommt in die Nähe von Halstaholm, wenn es sich vermeiden lässt. Außer man hat irgendwelche Absichten. Was willst du?«

Der Ex-Freund grinste nervös. »Ehrlich gesagt will ich mich vor allem nach Vincents Befinden erkundigen.«

»Welcher Vincent?«

»Na, der Fisch! Du hast ihn doch wohl nicht ...«

»Heißt er Vincent?«, sagte Julia. »Ich hab ihm gerade erklärt, dass er Wikinger heißt.«

»Erinnerst du dich nicht mehr? Du weißt schon, als ich an diesem einen Tag nach Hause gekommen bin und dir diese eine Sache gebeichtet hab ... da hast du doch Vincent bekommen.«

»Dass der Fisch damals schon einen Namen hatte, ist mir entgangen«, sagte Julia. »In dem Zusammenhang gab es ja so einiges andere zu verdauen.«

Magnus grinste verlegen.

»Ja, ich weiß ... bitte verzeih mir ... das hab ich ja gemacht, bevor ... aber können wir nicht ...«

Julia Bäck schlug ihm die Tür vor der Nase zu. Bis zur Pressekonferenz waren es nur noch drei Minuten.

»Aber, Julia ...«, hörte sie von der anderen Seite der Tür.

»Bleib ruhig da stehen, Magnus, ich mach vielleicht in ein oder zwei Stunden wieder auf, ich muss nur erst aufs Klo.«

Sie setzte sich wieder aufs Sofa, beschloss, einen tüchtigen Schluck Rotwein zu nehmen, ganz gleich, wie die Pressekonferenz ausgehen würde, und sagte zum Fisch:

»Vincent? Was ist das denn für ein Name? Du heißt ja wohl Wikinger, stimmt's?«

Kenneth Carlander war untröstlich, dass er eine halbe Stunde zu spät kam. Er hatte es ja nicht vorgehabt, aber sie war verdammt schnuckelig gewesen, und am Abend und in der Nacht zuvor hatte das eine zum anderen geführt. Das Wichtigste waren schließlich die deutschen Farben an der Fassade, der Bratwurstheini, die Franz-Beckenbauer-Büste (oder wer auch immer es geworden war), die Pressekonferenz, die Vertragsunterzeichnung, das Anstoßen mit Champagner – und die drei Millionen auf Kenneths Konto zum Dank für seine Hilfeleistung.

Vor der Halle blieb er mit seinem goldgelben Porsche ruckartig stehen. Der schwarze Audi des Deutschen stand nicht da. War er noch nicht angekommen? Er konnte doch wohl nicht schon wieder weg sein?

Stattdessen stand eine leicht bekleidete Wurstverkäuferin im Bikini herum, die fröstelte und schluchzte. Und hinter ihr – scheiße, wer hatte Karl Marx dort auf einen Sockel gestellt?!

Kenneth sah sich nach dem Laufburschen um, der ihm

ein oder zwei Fragen beantworten musste. Doch an seiner statt fiel ihm die Finanzsenatorin ins Auge, die soeben aus dem Fabriktor kam.

»Grüß dich, Ingela!«, sagte er, wenn auch mit leicht verunsicherter Stimme. Irgendetwas stimmte hier nicht.

»Kenneth!«, sagte Ingela Franzén. »Wie schön, dass du vorbeischauen konntest. Komm doch bitte etwas näher, damit ich dich erwürgen kann.«

Dinner for two

»Ich hab mir nie Sorgen gemacht«, behauptete Julia, als Konrad anrief.

»Ich schon«, antwortete der Deutsche lachend.

»Julia!«, riefen die Kinder vom Rücksitz. »Wir sind unterwegs zu dir!« Dann skandierten sie: »Halstaholm! Halstaholm!«

Konrad gab den Zwillingen ein Zeichen, still zu sein.

»Aber erst feiern wir drei im Gröna Lund. Wenn ich mich recht entsinne, hast du mal gesagt, Halstaholm hat alles bis auf ein Hallenbad. Wenn du gestattest, ergänze ich das um einen *Vergnügungspark*.«

Die beherzte Bürgermeisterin konnte sich gerade noch beherrschen, ihm stattdessen das Klettergerüst aus Autoreifen im Park von Halstaholm zu empfehlen. Sie versprach, ein Familienzimmer für Konrad und die Mädchen im Hotel Halsta zu reservieren.

»Danach können wir vielleicht in einer netten Gaststätte etwas Leckeres essen, während wir den Vertrag unterschreiben, was hältst du davon?«

Konrad fand, das höre sich spitzenmäßig an. So gegen acht? Die Mädchen dürften auf der Fahrt bei McDonalds essen und kämen danach allein auf dem Zimmer zurecht.

Nachdem sie aufgelegt hatte, fiel Julia ein, dass Halstaholm neben Hallenbad und Vergnügungspark noch etwas Drittes fehlte – nämlich eine *nette Gaststätte*, um essen zu gehen. Sie wollte sich nur ungern in die Pizzeria setzen, in die sie vor zwei Nächten eingebrochen waren.

»Das Problem muss Bolmgren lösen«, sagte sie sich.

* * *

Kenneth Carlander war es nicht gewohnt zu verlieren. Als die Finanzsenatorin damit fertig war, ihn zur Schnecke zu machen, weil alles vor die Wand gefahren war, setzte er sich in seinen Porsche und drückte so richtig auf die Tube. Er fuhr zurück zu den Bauerntölpeln.

»*It ain't over till the fat lady sings*, Julia Bäck«, sagte er vor sich hin.

Bierstube Badehaus

Bolmgren war tatsächlich ein richtiger Meisterkoch! Er kümmerte sich um einen Zweiertisch mit weißer Tischdecke und Kerzen direkt neben dem leeren Schwimmbecken. Die Damenumkleide war bereits in eine halb fertige Küche verwandelt, während die der Herren zum privaten Unterschlupf des Chefkochs geworden war: Bett, Nachttischchen, Leselampe, Schreibtisch und Stuhl von Ikea. Und dazu ein etwas überdimensioniertes Badezimmer mit acht Duschen und ebenso vielen Waschbecken.

Julia traf rechtzeitig ein, um das Menü und sämtliche Details zu begutachten.

»Als Vorspeise gibt es Maultaschen«, sagte Bolmgren. »Aber wir müssen reden, Julia. Da ist was passiert.«

Die Bürgermeisterin war mehr auf das Hier und Jetzt fokussiert.

»Maultaschen? Was ist das denn?«

»Pasta, gefüllt mit Spinat, Zwiebeln und meiner heimlichen Kräutermischung, so in etwa. Aber wann können wir reden?«

»Und als Hauptgericht?«

»Schnitzel natürlich!«

»Hast du das Bier besorgt, um das ich gebeten habe?«

»Ich musste es aus *Södertälje* kommen lassen, aber es hat geklappt. Wann können wir …?«

Da hörte man ein entferntes Klopfen an der Eingangstür zur Schwimmhalle.

»Er ist da!«, sagte Julia. »Ich mache ihm auf, kannst du ein Beistelltischchen für uns organisieren? Ich brauche etwas, wo ich den Vertrag ablegen kann.«

»Glaubst du, mein Nachttisch geht in Ordnung?«, fragte Bolmgren.

Aber Julia war schon auf dem Weg die Treppe hinunter.

* * *

Ein paar Stunden zuvor hatte Kenneth Carlander zusammen mit seinem nützlichen Idioten Hasse Eriksson zugeschlagen.

Zunächst waren sie schnurstracks durch die unverschlossene Tür ins Hallenbad, die Treppe rauf und in die Herrenumkleide marschiert. »Nutzung einer Gewerbeimmobilie zu wohnwirtschaftlichen Zwecken!«, stellte Hasse Eriksson begeistert fest.

Aber das fand Kenneth Carlander nicht interessant genug. Zum einen, weil ja dieser Bolmgren dort wohnte, nicht die Bürgermeisterin. Zum anderen würde ein so harmloser Skandal den Deutschen nicht zum Rückzug bewegen.

Schon viel spannender wurde es, als der Consultant die Schublade an Bolmgrens einsamem Schreibtisch aufzog. Da lag ein unterzeichneter Kaufvertrag! Nein, zwei!

»Die Kommune hat Bolmgrens Haus gekauft, direkt bevor es in die Luft geflogen ist«, stellte Kenneth Carlander fest.

»Hä?«, machte Hasse Eriksson.

»Und Bolmgren hat seinerseits das Hallenbad gekauft.«

»Hä?«, wiederholte sich Hasse Eriksson. »Nee, der pachtet das doch bloß, oder?«

In dem Moment kam Bolmgren herein. Er hatte bei der

Zubereitung des Abendmenüs in seiner improvisierten Küche in der benachbarten Damenumkleide Geräusche aus der Herrenumkleide gehört.

»Was ist hier los?«, fragte er und erkannte sofort den Protestpolitiker. »Hasse Eriksson?«

Dann wandte er sich an Kenneth Carlander: »Aber wer sind Sie, und was machen Sie mit meinen persönlichen Papieren?«

Hasse Eriksson versuchte rasch zu denken – nicht eben seine größte Stärke. Schließlich waren sie gerade bei etwas ertappt worden, was sehr nach Einbruch aussah.

»Das hier ist mein Anwalt«, fiel ihm auf die Schnelle ein. »Herr Kenneth …«, als ihm aufging, dass er den richtigen Namen wohl besser nicht verraten sollte.

Der Consultant dachte ähnlich und half aus mit: »… van den Selbstverständlich. Kenneth van den Selbstverständlich.«

Vielleicht nicht der beste Name, aber gesagt war gesagt. Und Angriff war unter den gegebenen Umständen sicher die beste Verteidigung. Aus dem Kaufvertrag ging leider nicht hervor, dass Bolmgrens Haus mit äußerer Einwirkung in die Luft gesprengt worden war. Aber zumindest war es ein guter Ausgangspunkt für Kenneths weiteren Plan.

»Wir kommen gerade von der Ruine Ihres Hauses, Herr Bolmgren.«

»Äh, ach ja?«, fragte der Chefkoch unsicher.

Seine Nervosität flößte dem Consultant neue Energie ein.

»Die Untersuchung des Tatorts hat ergeben, dass Sie einen Elektroherd hatten, nicht wahr?«

Bolmgren wurde noch nervöser. »Ja, das heißt, ich weiß nicht so recht …«

»Aber keinen Gasherd? Können Sie mir erklären, wie ein

Gasherd, den es gar nicht gibt, ein Haus in die Luft sprengen kann?«

»Ich hatte vor, mir einen anzuschaffen ...«, setzte Bolmgren lahm an, ehe ihm aufging, dass ihm diese Antwort nicht weiterhelfen würde.

Anwalt van den Selbstverständlich wedelte mit den beiden Verträgen.

»Die hier nehmen wir als Beweismaterial mit«, sagte er so nachdrücklich, dass Bolmgren seine Befugnis nicht unmittelbar infrage stellte. Kenneth Carlander machte sich Bolmgrens Verwirrung zunutze.

»Rühren Sie sich nicht vom Fleck, wir sind gleich wieder da«, fuhr er fort und schleifte Hasse Eriksson bis zum Porsche hinter sich drein.

Hasse versuchte zu begreifen, was der Berater ihm da gerade erklärte.

»Warum hast du ihn dann nicht nach Kunstdünger oder Dynamitstangen befragt?«, erkundigte er sich.

»Weil er gleich angefangen hätte, nach einem richtigen Anwalt zu rufen, und ich wollte das hier nicht wieder hergeben!«, sagte Kenneth Carlander und hielt die beiden Kaufverträge hoch.

Hasse nickte. Carlander ließ den Motor an und rollte los.

»Wo fahren wir jetzt hin? Zur Polizei?«

»Noch nicht«, sagte der Consultant. »Wo kauft man in diesem Drecksloch Hühnerfutter und all so 'n Scheiß?«

»Bestimmt bei *Granngården*, die haben alles für Agrarbedarf. Aber was willst du damit?«

»Wer Hühnerfutter verkauft, verkauft auch Dünger«, sagte Carlander. »Hör jetzt auf zu denken, Eriksson, und lots mich nur dorthin.«

Ein Vorteil an Halstaholm waren die kurzen Wege praktisch überallhin. In nicht mal fünf Minuten waren sie da. Carlander parkte den Porsche vorschriftswidrig vor dem Eingang und schälte sich aus dem Wagen.

»Komm!«, sagte er zu Hasse Eriksson. »Wenn du es nicht lassen kannst«, ergänzte er. »Aber halt die Klappe, das Reden übernehme ich!«

Der Laden war menschenleer. An der Kasse stand eine einsame Frau und langweilte sich. Carlander steuerte auf sie zu, Eriksson im Schlepptau.

»Guten Tag«, sagte er. »Ich bin Anwalt und Herr van Selbstverständlich mit Namen, verzeihen Sie die Störung mitten in der Mittagsstoßzeit. Wenn ich Kunstdünger sage, was fällt Ihnen dann dazu ein?«

Die Kassiererin sah nicht so aus, als verstünde sie die Frage. Aber sie erblickte den Mann hinter dem Anwalt.

»Hallöchen, Hasse!«, sagte sie. »Kennst du mich noch? Camy aus der Oberstufe.«

Hasse Eriksson, zum Schweigen verdonnert, sagte nichts.

»Scheiße, antworte ihr gefälligst!«, herrschte ihn der Herr Anwalt van Selbstverständlich an.

»Ach so, ja doch, ich hab nur gedacht ... Hallo, Camy, klar erkenne ich dich. Du hast bloß ein bisschen mehr Falten als früher ... Wenn ich auch Kunstdünger sage, was fällt dir dann dazu ein?«

Camy hörte gar nicht gern, dass sie auch nicht mehr die Jüngste war.

»Tja, was soll ich sagen? Stickstoff, Phosphor, Kalium ... und wahrscheinlich auch Magnesium.«

»Wer hat so was in letzter Zeit gekauft?«, fragte der Anwalt.

Die Kassiererin wurde etwas hellhörig.

»Wir sind mit einer Tatortuntersuchung befasst«, erklärte Hasse Eriksson.

Kenneth Carlander warf ihm einen bösen Blick der Sorte zu, die besagte, er solle gefälligst die Klappe halten.

»Wer so was gekauft hat?«, sagte Camy. »Wir haben ein großes Angebot an Naturdünger, den wir eher empfehlen, aber wir leben ja in einer Zeit des Klimawandels.«

Da bekam sie den goldgelben Porsche direkt vor der Tür zu Gesicht.

»Wollten Sie die Säcke mit Dünger im Auto mitnehmen?«

Beim bloßen Gedanken schüttelte es den Consultant und Pseudo-Anwalt.

»Dass es in dieser Stadt aber auch so verdammt schwer ist, eine einfache Antwort auf eine einfache Frage zu bekommen! Lassen Sie es mich umformulieren: Wie viel Kunstdünger hat die Bürgermeisterin Julia Bäck letzte Woche hier eingekauft?«

Julia hatte nichts gekauft, sondern ein Mann mittleren Alters, der das Zeug bezahlt und geschleppt hatte, hatte sie nicht Bosse zu ihm gesagt? Aber die Bürgermeisterin war ja dabei gewesen, sie hatten den Einkauf in ihren Volvo gepackt.

Nichts davon wollte Camy aber unbedingt erzählen.

»Wer NPK-Dünger von mir kauft oder nicht kauft, geht ja wohl immer noch nur den Laden und den Kunden etwas an, oder etwa nicht?«

»Zwanzig Säcke?«, fragte Carlander.

»Um Gottes willen, nein!«, sagte Camy. »Höchstens zehn!«

Mehr brauchte Kenneth Carlander nicht zu wissen. Er sagte zu Hasse Eriksson »Komm!« wie zu einem Hund und ging davon.

Hasse lächelte Camy unsicher zu. »Tut mir leid, das mit

den Falten«, sagte er. »Du siehst immer noch ziemlich vorzeigbar aus. Wollen wir nicht ...«

»Komm!«, brüllte Kenneth Carlander von draußen.

* * *

Konrad schloss Julia im Eingang zum Hallenbad in die Arme und zeigte sich angetan von ihrem schönen roten Kleid. Julia erwiderte das Kompliment, indem sie seinen Schlips lobte.

Dann führte sie ihn die Treppe hinauf zu dem gedeckten Tisch neben dem Schwimmbecken.

»Wie nett!«, sagte Konrad lachend.

»Bolmgren hat bestimmt vor, das Becken irgendwie abzudecken, genau weiß ich es nicht. Wir können ihn ja fragen, wenn er kommt. Er ist heute Abend Chefkoch, Oberkellner und Bedienung in einer Person.«

Worauf Bolmgren auftrat, in der Hand einen Sektkühler mit Bier. Wie gebeten begrüßte er die Gäste. Sein anderes Anliegen müsse eben warten, dachte er sich.

»Die hier empfehle ich ganz besonders als Aperitif«, sagte er und zeigte eine Flasche Düsseldorfer Altbier.

Konrad Kaltenbacher prustete los.

»Aber liebe Julia, woher wusstest du ...?« Da fiel es ihm ein: »Die Mädchen haben es dir verraten, stimmt's?«

Gar nicht mal. Sondern die Sekretärin, Frau Müller. Julia und sie hatten in letzter Zeit so einiges miteinander zu besprechen gehabt, weil die Bürgermeisterin nähere Angaben brauchte, um den Vertrag zur Reifenfabrik aufsetzen lassen zu können.

»Eine reizende Frau, die Sabine, wenn man sie nur besser kennenlernt. Anfangs verhielt sie sich etwas abwartend, nach diesem Missverständnis am Telefon bei unserem ersten Gespräch. Aber seither ist sie nach und nach aufgetaut.«

»Du meinst, als du dich mit ›Julia Bäck‹ gemeldet hast und sie dachte, sie hätte ›Antony Blinken‹ gehört?«, fragte Konrad lächelnd.

Bolmgren zog sich zurück, er käme gleich mit der Vorspeise wieder. Julia legte eine Hand auf den Stapel Papiere auf Bolmgrens Nachttischchen und sagte, sie habe den Vertrag schon unterschrieben.

»Fangen wir mit deiner Unterschrift dazu an, oder nehmen wir uns die zum Dessert vor?« Sie lächelte ihn an.

»Erst das Candle-Light-Vergnügen, dann die Arbeit«, rutschte es Konrad raus, wonach er sofort verlegen einlenkte. »Ach, verzeih, Julia, damit bin ich viel zu weit gegangen! Es ist halt nur so … ja, ich werde immer so *ausgelassen* in deiner Gesellschaft. Da hab ich mich sozusagen von der Stimmung mitreißen lassen.«

Julia musste Konrad bei seiner gestammelten Entschuldigung unterbrechen. Sie sagte, er sei überhaupt nicht zu weit gegangen und könne ganz im Gegenteil ruhig noch ein bisschen weiter gehen, wenn ihm danach sei.

»Wollen wir uns nicht über Paris unterhalten, wo wir gerade schon dabei sind?«

Das war das Vorletzte, was sie auf längere Zeit zu Konrad sagen sollte.

Haftbefehl bei Candle-Light

Natürlich hatte Kenneth Carlander sowohl Planung als auch Ausführung höchstpersönlich erledigt. Doch jetzt musste er an den nützlichen Idioten übergeben. Er konnte ja schlecht bei dem, was nun kam, selbst in Erscheinung treten.

Es ging um einen Verstoß gegen das Schulgesetz und grobes Fehlverhalten beziehungsweise groben Amtsmissbrauch, die juristischen Finessen überließ er der Polizei, irgendwas mussten die ja trotz allem auch noch zu tun bekommen. Vielleicht ließ sich auch etwas mit Unterschlagung deichseln, denn woher hatte Bolmgren das Geld für die begonnenen Umbauarbeiten am Hallenbad?

Aber das Wichtigste: Es gab stichhaltige Beweise für Brandstiftung. Julia Bäck würde glasklar des Verbrechens überführt werden, wenn die Polizei Bolmgren und der faltigen Camy im *Granngården* erst Zeugenaussagen aus der Nase gezogen hatte.

»Obwohl, eigentlich war sie gar nicht so faltig«, sagte Hasse Eriksson.

»Scheißegal!«, schnauzte Kenneth Carlander ihn an. »Geh jetzt zur Polizei, und zwar flott! Hier hast du die Verträge ... und hier meine Notizen in Form von Stichpunkten. Vor allem sagst du kein Wort, dass ich was damit zu tun hatte, kapiert?«

»Kenneth Carlander oder Kenneth van den Selbstverständlich?«, fragte Hasse Eriksson.

»Beide, du Schwachkopf.«

* * *

Inspektor Göran Klang war ein Nachbar von Julia Bäck und
alles andere als begeistert, was da auf einmal von ihm verlangt wurde. Aber schließlich handelte es sich um ernst zu
nehmende Anschuldigungen. Der Staatsanwalt war aus
Södertälje unterwegs, Klang stellte einen Haftbefehl für Julia
Bäck aus, und laut Staatsanwalt war mit ihrer Festnahme
zu rechnen.

Hasse Eriksson hatte den gedeckten Tisch in der zukünf-
tigen Bierstube gesehen und sich gedacht, dass Julia ein
Candle-Light-Dinner mit diesem Deutschen geplant hatte.
Den Hinweis gab er gerne an den Polizisten weiter, ehe er
sich mit seinem Mitsubishi vor das Hallenbad stellte und
auf die Ergreifung der Verdächtigen wartete. Als Inspektor Klang endlich in seinem Polizeiauto ankam, stieg Hasse
schwungvoll aus und erbot sich eilfertig, dem Inspektor den
Weg zu zeigen.

So kam es, dass Hasse Eriksson die Treppe hinauf und in den
Schwimmbereich hastete, wo Julia und Konrad saßen und
gerade über Paris-Reisepläne plaudern wollten.

»Da bist du ja, du elende Kriminelle!«, rief er laut auf
Schwedisch.

Konrad verstand zwar kein Wort, aber er begriff, dass
irgendetwas gerade aus dem Ruder lief. Umso mehr, als ein
uniformierter Polizeiinspektor im Kielwasser des kläffenden
Mannes auftauchte.

»Immer mit der Ruhe, Eriksson!«, sagte Göran Klang. »Ab hier übernehme ich!«

Dann wandte er sich an Julia: Es sei seine traurige Pflicht, ihr mitzuteilen, dass sie verhaftet sei. Und er bat sie, aufzustehen und mit ihm mitzukommen.

»Handschellen, zur Sicherheit?«, schlug Hasse Eriksson vor. »Besteht denn keine Fluchtgefahr? Der Mann am Tisch ist Ausländer.«

»Halt die Klappe!«, sagte Polizeiinspektor Klang.

»Julia, was geht hier vor?«, fragte Konrad Kaltenbacher auf Englisch.

Sie waren *so* nah dran gewesen. Sowohl mit der Rettung von Halstaholm als auch ... ja, irgendetwas war an Konrad, das auch ihr immer ein Lächeln ins Gesicht zauberte, wenn sie an ihn dachte. *So* nah – und jetzt das genaue Gegenteil.

»Ich sag dir, was passiert ist: Die Wirklichkeit hat mich eingeholt«, sagte die Bürgermeisterin in ganz resigniertem Tonfall. »Mach's gut, Konrad, grüß die Mädchen ... und verzeih mir alles.«

Und dann ließ sie sich von dem Polizisten abführen, mit einem vor Freude hopsenden Protestpolitiker dicht auf den Fersen.

Konrad Kaltenbacher blieb allein am Tisch zurück. Chefkoch Bolmgren kam mit der Vorspeise aus der Damenumkleide.

»Maultaschen«, sagte er. »Aber wo ist Ihre Begleitung abgeblieben?«

»Ich weiß nicht«, sagte Konrad Kaltenbacher wahrheitsgemäß. »Aber ich glaube, sie wurde von der Wirklichkeit eingeholt.«

Die ganze Wahrheit – fast

Die Finanzsenatorin war immer noch übelster Laune. *Traumbett* glitt ihr aus den Fingern, und der verdammte, elende, verfluchte Kenneth Carlander hatte sie unmöglich dastehen lassen. Der sollte ihr nie wieder unter die Augen kommen!

Da wurde ihre Bürotür aufgestoßen. Es gab nur einen, der auf die Art hereinkommen konnte.

»Morgen, Baby«, sagte Kenneth Carlander, in jeder Hand einen Pappbecher von Espressohouse. »Hier kommt *The Wizard* mit Kaffee und Zimtschnecken. Vor dem Mittagessen trinkst du ja doch keinen Whisky.«

Etwas an seinem Auftreten ließ Ingela Franzén neue Hoffnung schöpfen. Wenn wirklich alles den Bach runtergegangen wäre, würde der Consultant doch wohl nicht so wie jetzt zur Tür hereinspazieren? So selbstmörderisch konnte doch kein Mensch veranlagt sein?

»Danach auch nicht, wenn es sich vermeiden lässt. Und dein Baby bin ich immer noch nicht. Aber was sollen wir deiner Meinung nach jetzt feiern? Dass dich eine tödliche Krankheit ereilt hat?«

Der Consultant stellte einen Kaffeebecher vor die Finanzsenatorin, fischte eine Tüte mit den Zimtschnecken aus der Jacketttasche und machte es sich ihr gegenüber bequem.

»Liest du keine Nachrichten?«, sagte er. »Die Bürgermeisterin von Halstaholm sitzt in Untersuchungshaft, wegen Verdacht auf alles Mögliche.«

»In Haft?«

»Ja, die Ärmste! Aber wenn sie es schafft, den Kopf aus der Brandstiftungsschlinge zu ziehen, kommt sie sicher im Sommer wieder raus.«

»Und was soll das mit *The Wizard*?«, lautete Ingela Franzéns nächste Frage. »Bist etwa du es, der sie hinter Schloss und Riegel gebracht hat?«

Kenneth Carlander lächelte geheimnisvoll. »Auf die Frage verweigere ich die Antwort. Aber trinken wir darauf, dass es vielleicht trotz allem Frihamnen wird!«

Die Finanzsenatorin witterte Kaffeeduft und reckte sich nach dem Becher. Nachdem sie einen Schluck genommen hatte, sagte sie nachdenklich: »Als Kaltenbacher angerufen und mir seine Entscheidung eröffnet hat, hat er die Vorzüge des Gebäudes, den niedrigen Preis und die künftige Verkehrsanbindung mit der Stammbahn erwähnt, die du nicht abwenden konntest. Was meinst du, wie genau sich die Bedingungen seither verändert haben?«

»Na klar hab ich es geschafft, die Stammbahn abzuwenden! Was kann ich dafür, dass anschließend eine ganze Wikingersippe dazwischengefunkt hat? Und jetzt hab ich Julia Bäck hinter Gitter gebracht. Wenn der Deutsche nur halbwegs richtig tickt, lässt er natürlich die Finger von Geschäften mit der Unterwelt.«

Also noch nichts geklärt. Aber wenigstens noch Grund zur Hoffnung.

»Wenn du dieses eine Mal recht behältst, verspreche ich, mir noch mal zu überlegen, ob du trotz allem dein Honorar bekommst.«

Taskforce-Treffen in Julia Bäcks Büro. Ohne Julia. Dafür mit Bosse Boule, Peter dem Kleinen und Frau Johansson. Und einer Ausgabe der *Halsta Nytt* auf dem Tisch. Die Hauptschlagzeile sprang sie an:

Platzt der Traumbett-*Traum?*
Julia Bäck
in Polizeigewahrsam

»Ist es okay für euch, wenn ich ein bisschen fluche?«, fragte Peter der Kleine.

»Du bist erst zehn, also eigentlich nein«, sagte Frau Johansson. »Aber ich finde, wir können heute mal eine Ausnahme machen.«

Peter bedankte sich mit einem Kopfnicken und sagte: »Scheiße.«

Da kam Harriet herein. In Händen ein kleines Aquarium mit einem einsamen Guppy darin. »Julia lässt aus der U-Haft grüßen. Es geht ihr den Umständen entsprechend gut, wie man so sagt. Aber sie braucht für den hier einen Fischsitter auf Zeit. Er heißt Wikinger.«

»Stell ihn erst mal ins Fenster, und dann müssen wir wohl auslosen«, sagte Bosse Boule.

Während Harriet das tat, erzählte sie, dass sie Besuch hatten. Der Deutsche und seine beiden Töchter warteten unten am Empfang.

»Kaltenbacher?«, sagte Bosse Boule. »Was sollen wir dem sagen?«

»*Entschuldigung* wäre schon mal nicht schlecht für den Anfang«, sagte Frau Johansson. »Bittest du sie raufzukommen, Harriet?«

Die Empfangsdame nickte und ging. Frau Johansson fuhr fort: »Im Übrigen schlage ich vor: die Wahrheit und nichts als die Wahrheit von Anfang bis Ende, was meint ihr?«

Bosse Boule nickte. Peter der Kleine stimmte zwar zu, sagte aber: »Was meint ihr, ob wir das mit dem Wikingerschatz wohl weglassen können? Meine Eltern wissen immer noch nicht, dass ich in der Nacht ausgebüchst bin.«

»Meine Maja denkt, ich wäre in einer Stadtplanungssitzung gewesen«, sagte Bosse Boule.

Da wurden Schritte auf der Treppe laut, die Familie Kaltenbacher musste jeden Moment da sein.

»Die ganze Wahrheit«, sagte Frau Johansson. »Minus das mit dem Wikingerschatz. Okay?«

Gemüsesuppe mit Briefumschlag

Die Untersuchungshaftzelle im Polizeirevier von Halstaholm war nicht groß, sondern klein. Möbliert mit einem an der Wand befestigten Tisch, einem Stuhl und einer Pritsche, auf der Julia nun in Häftlingskleidung saß und mit leerem Blick vor sich hin starrte.

Da klopfte es an der Tür, gefolgt von Schlüsselklappern. Ein Gefängniswärter mit Tablett trat ein.

»Guten Abend, liebe Frau Bürgermeisterin«, sagte der Wärter. »Ich bringe das Abendessen.«

Auf dem Tablett ein Teller Gemüsesuppe, ein Glas Preiselbeersaft, ein Hefebrötchen – und ein weißer Briefumschlag.

»Danke, Sebastian«, sagte Julia.

Die beiden waren früher in Parallelklassen gegangen.

»Wie geht's dir?«, erkundigte sich Sebastian.

»Danke der Nachfrage. Ein paar Jahre hinter Schloss und Riegel werden mir sicher guttun.«

»Ach was«, sagte der Wärter. »Halstaholm ist klein, Julia, das weißt du doch. Und die Wände haben Ohren. Das mit der Brandstiftung kannst du vergessen. Es gibt sicher nur ein paar Monate an einem netten Ort, weil du nun mal leider aus Versehen ein Hallenbad verkauft hast, das dir nicht gehört. Und vielleicht auch noch, weil du indirekt eine ganze Mittelstufe vom Unterricht befreit hast.«

»Danke dir für die tröstlichen Worte«, sagte Julia.

»Und vergiss den Umschlag nicht«, fiel Sebastian da noch ein. »Keine Ahnung, was es ist, vielleicht vom Finanzamt. Die Briefe von denen kommen ja immer dann an, wenn man sie am allerwenigsten brauchen kann.«

Dann verabschiedete er sich und ging wieder. Julia hörte, wie er sich draußen dafür entschuldigte, dass er sich leider genötigt sah, sie einzuschließen.

Die noch bis vor Kurzem so zupackende Ex-Bürgermeisterin machte sich an die Suppe, die gar nicht so übel war. Und biss einmal ins Brötchen, das weniger Spaß machte. Dann nahm sie einen Schluck aus dem Glas mit Preiselbeersaft und hatte das Gefühl, fertig zu sein. Um ihren Appetit war es auch schon mal besser bestellt gewesen.

Sie nahm den weißen Umschlag mit und wechselte hinüber auf die Pritsche. Begann, ihn aufzuschlitzen, um sich den vermuteten Steuerbescheid anzusehen.

Während sie einen dicken Packen Blätter hervorzog, klapperte es erneut an der Tür. Es war Sebastian, der mit Kaffee wiederkam.

»Den hab ich ganz vergessen«, sagte er.

Aber was war mit Julia los? Sie sah ganz anders aus als noch vorhin. Und sie wedelte mit einem Haufen Papier in der Hand.

»Hat dir die Suppe nicht geschmeckt, Julia?«

»Er hat unterschrieben, Sebastian! *Er hat unterschrieben!*«

»Wer?«, fragte der Wärter. »Der Staatsanwalt?«

»Nein, Kaltenbacher! Der wunderbare Konrad! Verdammte Axt, Sebastian! *Er hat unterschrieben!*«

Besuchszeit

Acht Monate in einer – wenn auch noch so offenen – Anstalt sind natürlich kein optimaler Anfang für eine junge Liebe. Aber Konrad Kaltenbacher wusste, was er empfand, und erzählte es Julia, als sie sich nach fünf langen Wochen wiedersahen.

Das Besuchszimmer im Frauengefängnis war mit vier Holzstühlen, einem Tisch und einer Vase mit Plastikblumen im Fenster eingerichtet.

»Du hast mich wieder zum Lachen und zum Lächeln gebracht, Julia«, sagte Konrad.

»Ist dein Stuhl auch bequem genug?«, fragte Julia.

»Kein bisschen«, sagte Konrad, der schon wieder lächeln musste. »Also wirklich, da mache ich dir gerade eine Liebeserklärung, und du antwortest mit einer Frage nach dem Holzstuhl unter meinem Hintern.«

Bis vor Kurzem hatte ja einfach alles darauf hingedeutet, dass *Traumbett* sich für Halstaholm entscheiden würde. Und natürlich war sie gern mit dem Herrn Doktor zusammen. Noch lieber, als er stattdessen Konrad für sie wurde. Schließlich hatten sie sogar davon gesprochen, den Frühling gemeinsam in Paris einzuläuten!

Aber das war, als noch alles im Eiltempo dahingerast war.

Seither war Julia nicht nur ins Schleudern geraten, sondern auch im Graben gelandet.

Und jetzt saß der *Traumbett*-Chef im denkbar unromantischsten Raum und machte ihr eine Liebeserklärung! Ihr, die ihn nicht nur von ihrem allerersten Telefonat an immer nur angelogen hatte, sondern auch eisern dabeigeblieben war.

»Ich bin aber einfach kein guter Mensch, Konrad«, sagte Julia niedergeschlagen. »Was ist, wenn ich nicht damit aufhören kann, zu weit zu gehen, um meinen Willen durchzusetzen, was soll dann aus allem werden?«

Konrad nickte und sagte, er könne Julias Selbstzweifel verstehen. Es sei nämlich so, dass er und die Mädchen die Sachlage abends sowohl im Hotel Halsta als auch in ihrem Haus in Hamburg ausdiskutiert hätten.

»Maren hat einmal gefragt, was bei der ganzen Sache für dich rausgesprungen ist.«

»Wie hat sie das gemeint?«

»Was für einen Vorteil du dir davon erhofft hast.«

Julia bekam einen mächtigen Schrecken. »Mein Gott, nein! Ich doch nicht ... ich würde doch wohl nie ...«

Sie fand keine Worte. Konrad schon:

»Genau! Du *bist* ein guter Mensch, Julia. Du hast nicht alle Tassen im Schrank, du bist ungestüm, kommst nicht immer zum Nachdenken, bevor du redest und handelst ... in einem Wort, du bist einfach nur wunderbar, und ich liebe dich genauso sehr, wenn nicht mehr, wie ich den Stuhl hasse, auf dem ich sitze.«

Julia ließ Konrads Worte auf sich wirken. Vielleicht nicht ganz bis zu Ende.

»Und was ist mit Frihamnen?«

Der Deutsche sagte, das eine habe nichts mit dem

anderen zu tun. Er habe sich aus rein professionellen Gründen für die beste Alternative für *Traumbett* entschieden. Consultant Carlander in Stockholm war irgendwie an Konrads Handynummer gekommen und hatte ihn angerufen und ihm »Hinweise« auf Julias diverse Vergehen gegeben. Als ob das etwas mit seiner rein geschäftlichen Entscheidung zu tun hätte.

»Was hast du ihm gesagt?«, fragte Julia.

»Ich nehme nicht gern Kraftausdrücke in den Mund«, sagte Konrad.

»Das ist mir auch schon aufgefallen«, sagte Julia. »Was hast du ihm also gesagt?«

»Ich habe ihn gebeten, sich zu verpissen.«

Und wenn Konrad nun recht damit hatte, dass sie sich nicht selbst zu verachten brauchte? Wenn sie trotz allem liebenswert war? Dann konnte sie sich ja auch herausnehmen zu lieben. Zum Beispiel den, der ihr auf dem Holzstuhl gegenübersaß.

»Im Gegensatz zu mir hast du sämtliche Tassen im Schrank, Konrad. Du bist kein bisschen ungestüm, und du denkst vor dem Reden nach. Wer weiß, vielleicht bedeutet das ja, dass wir beide wie füreinander geschaffen sind?«

Sie lächelte schüchtern. Er fasste ihre Worte als ein Versprechen auf, dass es mit ihnen weiterging.

»Wann ist die nächste Besuchszeit?«, fragte er.

»Nicht vor Freitag, aber ich rede mit Hedvig.«

»Hedvig?«

»Die die Anstalt leitet. Verheiratet mit Gunnar, ehemals Buchhalter bei *Halstadäck*.«

»*Traumbett* braucht bestimmt einen wie Gunnar«, sagte Konrad.

»Sei so gut und komm morgen wieder vorbei. Herren-besuch ist eigentlich verboten, aber ...«

»... aber du redest mit Hedvig?«

Ein halbes Jahr und drei Wochen später

Julia legte ihre Gefängniskleidung ordentlich zusammen und strich die privaten Klamotten glatt, in die sie gerade geschlüpft war. Dann steckte sie die letzten Habseligkeiten in ihr Handgepäck.

Die Zellentür ging auf. Eine Frau stellte sich auf die Schwelle.

»Es ist soweit, Julia. Jetzt müssen wir uns leider voneinander verabschieden. Du wirst mir fehlen!«

»Wie soll ich bloß ohne dich klarkommen, Hedvig?«, sagte Julia lächelnd.

»Wie wär's mit *hervorragend*?«, schlug Hedvig vor.

Und so fand sich Julia wieder draußen im Freien vor. Das abgelegene Frauengefängnis war von nichts als schöner Natur umgeben. Die Sonne schien an diesem wundervollen Vorsommertag, genau richtig, um die wiedergewonnene Freiheit zu begrüßen.

Julia ging langsam zur Landstraße und stellte sich zum Warten an die Bushaltestelle. Bis auf das Vogelgezwitscher war alles still.

Bis der Bus angefahren kam. Er verlangsamte die Fahrt und blieb vor Julia stehen. Der Fahrer drückte auf den Türöffner.

Aber Julia schüttelte lächelnd den Kopf.

»Wie, du steigst nicht ein?«, fragte der Fahrer erstaunt.

»Danke, aber nein danke«, sagte die ehemalige Bürgermeisterin.

Der Bus schnaufte wieder los, war aber erst wenige Hundert Meter weit gekommen, als Julia schon das nächste Fahrzeug sichtete. Ein schwarzer Audi A9 mit deutschem Nummernschild.

Es hielt, wo der Bus gehalten hatte. Zwei Mädchen, gerade zehn geworden, hüpften aus dem Auto, stürmten auf Julia zu und schlangen die Arme fest um sie.

Hinter ihnen folgte Konrad. Leise lächelnd schob er die beiden behutsam zur Seite und gab Julia einen Kuss auf den Mund, ehe er ihre Hand nahm und sie zum Auto führte.

»Komm, Liebling, wir fahren heim nach Halstaholm.«

The End